W0299065

D A S W I L D E F E S T

ZEICHNUNGEN VON
ART SPIEGELMAN

DAS

JOSEPH MONCURE MARCH

WILDE

DEUTSCH VON ULI BECKER

FEST

ROWOHLT

Die illustrierte Originalausgabe erschien 1994 unter dem Titel «The Wild Party» bei Pantheon Books, Random House, New York unter Verwendung des erstmals 1928 bei Pascal Covici veröffentlichten gleichnamigen Gedichts von Joseph Moncure March. Redaktion Thomas Überhoff. Umschlag- und Einbandgestaltung Art Spiegelman. 1. Auflage April 1995.
Copyright © 1995 by Rowohlt Verlag GmbH, Reinbek bei Hamburg. «The Wild Party» Copyright © 1994 by Art Spiegelman. «The Wild Party» Copyright © 1928 by Pascal Covici. Alle deutschen Rechte vorbehalten.
Satz Metro und Block PostScript, QuarkXPress 3.3. Gesamtherstellung Clausen & Bosse, Leck. Printed in Germany.

ISBN 3 498 06290 5

BERAUSCHENDE RHYTHMEN

Ich muß sagen, angesprungen bin ich auf den Rücken. Da geht es mir wie einem Trinker, der sich zu Flaschen und ihren Etiketten ebenso hingezogen fühlt wie zum hochprozentigen Inhalt. Tatsächlich habe ich mir sogar mal ein Kochbuch – ein Kochbuch! – nur wegen des Einbands gekauft. Ich finde in Antiquariaten dieselbe Seligkeit, die ein Alkoholiker in der Kneipe sucht: beides öffentliche Orte, die einem zugleich doch Raum lassen für angeregtes Alleinsein und die rauschhafte Befriedigung ziemlich abartiger Gelüste. Und wie ein eingeschworener Bourbontrinker etwa vom Korn die Finger läßt, es sei denn als allerletzte Rettung, gerate ich nur selten ans Lyrikregal; so ist es schon komisch, daß ich überhaupt auf *Das wilde Fest* gestoßen bin. Es lag an der goldenen Zwanziger-Jahre-Typographie des Rückens, daß ich das Buch, irgendwann in den frühen Siebzigern, herausgezogen habe, und an einem hingepfuschten Frontispiz von Reginald Marsh, daß ich weiterblättern mußte.

Frontispiz der Erstausgabe, von Reginald Marsh

So machte ich denn über meine fetischistische Lust am Drum und Dran die Bekanntschaft des Gedichts zwischen den Deckeln. Joseph Moncure Marchs *Wildes Fest* ist ein kaltschnäuziges Jazz-Age-Trauerspiel, ein starkes Stück in synkopierten Couplets, die sich im Gedächtnis festhaken wie Kinderreime, wenn auch nicht immer jugendfrei, und einem schon nach der ersten Lektüre in weiten Passagen nicht mehr aus dem Sinn gehen.

Ein paar Jahre nachdem ich mich in das Gedicht verliebt hatte, begegnete ich William Burroughs. Unsere Unterhaltung wollte nicht recht in Schwung kommen, bis mir mit einemmal einfiel, ihn zu fragen, ob er je vom *Wilden Fest* gehört habe. Burroughs kannte das Buch seit 1938;

er hatte es als Student in Harvard gelesen, es aber seit über dreißig Jahren nicht mehr in der Hand gehabt. «*Das wilde Fest?*» sinnierte er, «...das Buch hat mir doch überhaupt erst Lust aufs Schreiben gemacht.» Sein Blick ging ins Weite; dann, schleppend und durch die Nase, begann er:

«Queenie war blond, ohne Alter so eine:
Schmiß zweimal pro Tag beim Vaudeville die Beine.»

Er rezitierte eine ganze Weile weiter, fast so, als könne er das Gedicht komplett aus der Erinnerung aufsteigen lassen, bis zum abrupten Ende mit den Zeilen:

«Da trat wer die Tür ein:
Es war die Polente.»

In seiner Einleitung zur Erstausgabe äußert Louis Untermayer Bewunderung für das Werk, räumt allerdings ein: «Ich habe nicht die geringste Ahnung, ob es sich hier um gute oder schlechte Lyrik handelt, ja, ich bin mir nicht einmal sicher, ob es überhaupt Lyrik ist.» Eine Frage, die auch mich beschäftigt hatte; ich gab sie weiter an Burroughs, der mich eindeutig beschied: «Natürlich ist das Lyrik. Reimt sich doch.»

Das wilde Fest ist näher an «Frankie und Johnny» als an *Tristan und Isolde*, und doch kannte sich March, der in Amherst ein Schützling von Robert Frost gewesen war, mit Villanellen nicht minder gut aus als mit Flüsterkneipen. Das Gedicht verdankt der Sprache und

Frontispiz der Ausgabe von 1931, von Steele Savage

Sprunghaftigkeit der Boulevardblätter, den Reimen und Rhythmen des Hot Jazz, den Großaufnahmen und jähen Schnitten des Stummfilms mindestens soviel wie früheren Formen der Verserzählung, mal abgesehen vom schlüpfrigen Limerick vielleicht. March brachte es, täglich ein paar Zeilen improvisierend, im Sommer 1926 zu Papier, kurz nach seinem Weggang vom jungen *New Yorker*, dem er als erster Stellvertretender Chefredakteur (oder, wie der Posten unter den Mitarbeitern hieß: «Jesus») gedient hatte. Er war sechsundzwanzig Jahre alt und entschlossen, seinen Weg als Dichter zu machen – ein Karrierewunsch, für den ihm sein wohlmeinender Vater grünes Licht gab.

Das Gedicht galt als gewagt und damit unpublizierbar, bis 1928 schließlich eine auf 750 Exemplare limitierte Ausgabe bei Pascal Covici herauskam, mit dem Frontispiz von Marsh (der übrigens, wie ich später erfuhr, mit March befreundet war, seit die alphabetische Sitzordnung in der Schule die beiden zu Banknachbarn gemacht hatte). Das Buch wurde ein Skandalerfolg; in Boston kam es auf den Index. March schob sofort *The Set-Up* nach, die Geschichte eines abgehalfterten schwarzen Boxers, von der Struktur her dem *Wilden Fest* ähnlich, doch ohne dessen sexuelle Aufladung. *The Set-Up* brachte es auf die Bestseller-Liste der *New York Times*, und March ging nach Hollywood, wo er die nächsten zehn Jahre als Drehbuchautor arbeitete; besonders bemerkenswert hier seine Mitwirkung beim Skript und den Dialogen von *Hell's Angels*, dem Film, der Jean Harlow – die Fleisch gewordene Queenie – 1930 zum Star machte.

March schrieb später dann Dokumentarfilme für das Außenministerium und Artikel für die Magazinbeilage der *New York Times*; bei seinem Tod 1977 waren seine zwei literarischen Hauptwerke im Buchhandel vergriffen und so gut wie vergessen, wenn den Gedichten auch eine Art Schattenexistenz als Wiedergänger auf Zelluloid beschieden war: Die Verfilmung von *The Set-Up* aus dem Jahre 1949, Regie Robert Wise, bleibt, obwohl auf Weiß gewendet, einer der großartigsten Boxerstreifen der Schwarzen Serie (deutscher Verleihtitel *Ring frei für Stoker Thompson*), während eine glücklose Merchant-Ivory-Produktion von 1975, mit Raquel Welch und James Coco in den Hauptrollen, *Das wilde Fest* mit dem Skandal um Fatty Arbuckle zu vermengen suchte.

Eine vom Autor selbst zensierte Fassung beider Gedichte, flankiert von einer kurzen Lebenserinnerung, erschien 1968. In dem schlecht beratenen Bemühen, niemandem auf den Schlips zu treten, hatte er viele «Stellen» mit ethnischen Anspielungen bereinigt; die vorliegende Ausgabe hält sich an den Originaltext, weil sie in ihm ein glänzendes Spiegelbild seiner Zeit erblickt. Mein Wunsch, *Das wilde Fest* zu illustrieren, erwächst nicht allein aus einer Sehnsucht nach dem unschuldigen Hedonismus jener «Lou-li-la» zwanziger Jahre («von-Kopf-bis-Schuh-li-la»), wenn ich auch, zugegeben, für alle Jahrzehnte vor meiner Geburt eine starke Nostalgie empfinde. Mittlerweile haben wir wohl jede Dekade dieses Jahrhunderts schon wenigstens zweimal erlebt; von unserer postmodernen Warte aus können wir sie alle – die Wirtschaftsnot der Dreißiger, den Völkermord der Vierziger, die Plateausohlen der Siebziger – simultan betrachten, während wir der Jahrtausendwende entgegentrudeln: wie Ertrinkende, die im letzten Moment noch einmal das ganze Leben vor dem inneren Auge vorbeiflackern sehen.

Vielleicht ist es ja gerade der genau getroffene Ton enttäuschter Unschuld, umkippend in weltläufigen Zynismus, der das Gedicht so wohl klingen läßt in diesen unseren Neunzigern. Marchs «verlorene Generation» hat im Großen Krieg (gedacht seinerzeit als der endgültig letzte) die westliche Zivilisation aus dem Leim gehen sehen; unsere Generation, die «nichts mehr zu verlieren» hat, ist soeben sehenden Auges dem Ende der Geschichte auf den Leim gegangen. Seine hat Schwarzgebrannten gekippt und Feste gefeiert wie die Wilden, unsere schluckt Prozac – oder versackt in Antiquariaten – und wartet bloß noch darauf, daß die Polente reingestürmt kommt.

Art Spiegelman

DAS WILDE FEST

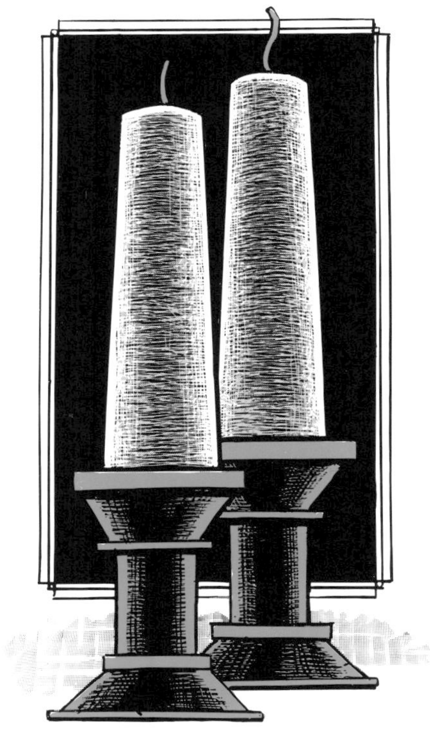

UEENIE
Palace Theatre

TEIL I

1

Queenie war blond, ohne Alter so eine:
Schmiß zweimal pro Tag beim Vaudeville die Beine.
Aschgrau die Augen,
Lippen feurige Brunst –
Ihr Gesicht kannte Höhen und Tiefen der Kunst.
Diese Schultern!
Diese Hüften!
Dieser Hintern, ach –
Ihre Beine bis oben hin machten Männer schwach.
Doch war schwach das Geschlecht,
So geschah's ihnen recht;
Sie gab ihnen allen den Laufpaß:
Ihr Jahresschnitt lag bei sechzehn und noch was.

Mochten Schlawiner sein

Oder ehrliche Schränker,

Schauspieler, Zocker und Wallstreetbanker –

Das focht sie nicht an;

War sie scharf auf den Mann,

Fragte sie nie, was einer so gelte:

Hauptsache gesund! Das allein zählte.

Tja,

Eins war klar:

Es gab nichts, was es nicht gab bei ihr.

Sie liebte es ruppig im Bett und verrucht;

In Sachen Sex ließ Queenie nichts unversucht.

Sprich,

Unterm Strich:

Ein dolles Weib, eine Marke für sich.

Derzeit war ein Kerl namens Burrs ihr Mann;
Seine Nummer kam gleich nach ihrer dran.
Berühmt als Clown
Und dito als Faun:
Sein Konterfei klebte an jedem Zaun.
Seine Komik hatte höllisch Stil,
Er brauchte nicht zu hampeln –
Genügte schon sein Mienenspiel,
Und alles war am Trampeln.
Clowns aller Couleurs
Konnten lernen von Burrs!

So befand zumindest das Parkett.
Hinter der Bühne jedoch, weit weniger nett,
Sann mancher eiskalt
Auf nackte Gewalt:
Da war in unzweideutigen Worten zu hören,
Man würd ihm gern mal die Visage polieren.
Gefragt warum,
Stellten sie sich dumm:
Na, einfach so, zum Gaudium.

Verständlich, wenn mancher Herr das so sah,
Brachten Frauen ihm doch ihre Herzen dar,
Pochend
Auf dem Silbertablett:
Mochte er's fressen! Das machte er wett,
So wie er küßte und kräftig sie rannahm,
Daß Nachtruhe nicht in die Tüte kam.
Burrs war reichlich Mann;
Oh ja, der verstand's!
Drum im Auge der Damenwelt dieser Glanz.

Es stimmt, Burrs war ein böser Bunke;
Ein Tier bei den Fraun, ein süßer Halunke!
Nur eine entlockte ihm mal das Ja-Wort:
Das arme Ding!
Erlitt einen Spontanabort
Zwei Tage drauf. Und man kann tippen,
Das kam, weil Burrs sie mit ihrem Schuh
Dermaßen versohlte südlich der Rippen,
Bis sie dalag mit schmalen blauen Lippen.
Eine volle Woche war ihr Vetter
Hinter Burrs her mit seiner Beretta –
Doch der blieb verschwunden. Die junge Braut
Hat verziehen und nicht zurückgeschaut.
Gäb mehr noch dergleichen,
Aber dies soll reichen –
Burrs ging über Leichen!

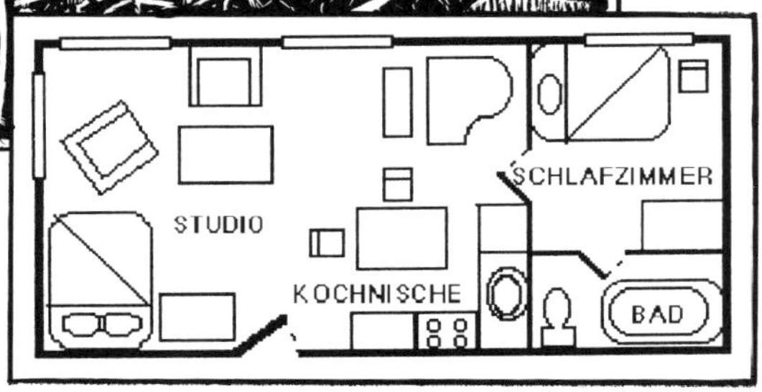

2

Studio,

Schlafzimmer,

Kochnische,

Bad –

Gemacht auf Liebesnest Marke Boulevard:

Stichwort Orient,

Mit viel Sentiment,

Und seit acht Wochen die Miete verpennt.

Rosa Kissen und blaue,
Eine Augenweide
In Goldbrokat, Spitze, reiner Seide
Auf einem Doppelbett mit Decke
Nach Motiven aus der fernöstlichen Ecke:
Chinesische Drachen, die sich winden.

Fotos, mit Heftzwecken an der Wand,
Von lieben Kollegen im ganzen Land,
Ideal zum Eindruckschinden:
«Dein Allerwertester – Isidore»
«Auf ewig – Ethel Barrymore»

Ein Lacktablett, nur dazu da,
Den Gong zu tragen und den Bronzebuddha;
Orangene Kerzen
Im bronzenen Halter;
Eine kunstvolle Vase
Von einigem Alter,
Mit ein paar staubigen Kirschblütenzweigen.

Und Bücher?

Bücher?

Aber woher denn, kein Gedanke!

Genug zu tun mit dem richtigen Leben –

Da brauchte es nicht auch noch

Bücher zu geben!

Wohl wahr,

Auf dem Tisch lagen ein paar

Magazine mit zerfleddertem Einband:

Klatsch

Und Tratsch

Über die Freunde auf Bühne und Leinwand.

Das Grammophon war ein profunder

Beweis für die Wirkung von Queenies Künsten

Auf den Nachbarn zwei Stockwerke drunter:

Der hatte es ihr völlig arglos

Geliehen, «für ein Weilchen bloß».

Samt Platten; man mocht's kaum glauben,

Alles kraft ihrer schönen blauen Augen!

Der Flügel stand da in seiner Ecke
Wie ein Sarg, der wartet, mit offenem Deckel.

Das Bad war die schönste Visitenkarte:
Ein Boden, der vor Dreck starrte,
Und die Handtücher grau.
Tassen und Teller,
Gläser und Flaschen,
Reste von Küche und Keller
Ewig nicht abgewaschen –
Was mußte das für ein Gewühl sein
In der kleinen Welt unter dem Spülstein!

Auf dem Beckenrand gestrandet, gemeinsam,
Korkenzieher, Schere,
Frisierbürste und Kamm,
Und als Souvenir vom letzten Ausflug
Noch ein Schlafwagenhandtuch,
Lebhaft gemustert mit roten Stippen
Von Queenies makellosen Wangen und Lippen.
Hinter dem einen Hahn, völlig verludert,
Mit Talkum und Staub gleichermaßen gepudert,
Rostete eine Rasierklinge vor sich hin,
Neben der eine Kippe zu sehn war.

Und die Wanne?
Ach, lassen wir das Thema!

Vom Türknauf baumelten ein Paar
Getragener Strümpfe und ein BH –
Klein bißchen Anflug von Boudoir.

Dann das Schlafzimmer:
Machte nicht viel her;
Da stand ein alter Sekretär
Und ein Bett in weißem Einerlei,
Mit einem Kissen nur für zwei.
Ihre Wäschetruhen Pappkartons;
Ein einsamer Stuhl;
Die Wände weiß und kahl.
Ab und zu übernachteten Gäste da;
Queenie und Burrs, weil's luftiger war,
Schliefen vorn bei den Drachen.

Sonntag mittag,
Brütend heiß;
Queenie erwachte: zerschlagen, in Schweiß,
Auf dem zerwühlten Bett ausgestreckt,
Nackt, ihre schlanken Arme gereckt.
Blickte zur Decke hoch,
Rüber zur Uhr,
Auf ihre Füße hinab,
Und verfluchte die Temperatur –
Oder nein, ein leises Gequengel
War's eigentlich nur.
Süß sah sie aus dabei: ein Engel!

Burrs war schon auf.
Unrasiert, mürrisch,
Umweht von Mundgeruch,
Im verknautschten rosa Schlafanzug,
Ränder unter den Augen,
Das Haar voller Kletten,
Saß er, mucksch wie ein Satyr in Ketten,
Mit einer Kanne Kaffee am Tisch.
Sein Blick war stumpf,
Die Stimmung dumpf:
Das Groschenblatt in seiner Hand,
Obwohl heute wieder reichlich bestückt
Mit Mord,
Vergewaltigung,
Selbstmord, geglückt,
Ließ ihn kalt. Und von der Witzseite
Schien er auch nicht entzückt.

Queenie hob leicht vom Kissen den Kopf,
Fuhr sich mit der Hand durch den Schopf
Und flötete: «Burrsie!»
Dem ging es durch Mark und Bein –
So schrill schon am Morgen, mußte das sein?
Er saß gefährlich still, geduckt;
Nur um den Mund ein-, zweimal gezuckt:
Riß sich am Riemen, um nicht loszuschrein.
In ihre Augen trat ein gepeinigter Zug,
Der sich auf die Stimme übertrug:
«Burrsie!»
Drauf er rüde:
«Was denn?»
«Burrsie, Queenie ist ganz ganz müde!»

Er biß die Zähne zusammen,
Sein Blick wurde hitzig;
Einen Moment lang haderte er mit sich:
Was tun? Erwürgen das Mädel,
Oder besser die Flasche da über den Schädel?
Die Frau konnte ratzen
Wie tot und begraben –
Wacht auf und ist müde,
In Dreiteufelsnamen!

Bewahrte die Fassung mit Mühe und Not,
Sah er auch gefährlich rot.

Er sagte kein Wort; aber Queenie:
«Burr-siiie», greinte sie
Leicht miesepetrig,
«Krieg ich ein Täßchen?»
Ans Bett gebracht, versteht sich.

«Du faule Schlampe, du machst mir Spaß!
Bist wohl die Prinzessin auf der Erbse,
oder was?»

Eigenartig
Dräuendes Schweigen;
Am Himmel kein Ton die Geigen.

Sie stützte sich auf den Ellenbogen
Und musterte ihn, Augen schmalgezogen:
Ihr Mund jetzt hart und unerbittlich,
Die Brauen steile Zirkumflexe
Wie bei der bitterbösen Hexe –
Burrs kriegte Muffen!
Halb schon geschlagen,
Versuchte er grad noch zu bluffen
Und fest «Also wirklich!» zu sagen,
Um sich zu behaupten als Mann;
Queenie lag einfach da
Und schaute ihn an.

Schaute nur, quälend lange, dann
Schließlich lächelte sie verächtlich,
Nur so für sich; gähnte; erhob sich
Und legte schwarze Seidenstrümpfe an.
Schminkte die Lippen, griff zum Puder –
Und was bei der Nase begann,
Ließ, als sie fertig mit dem Quast war,
Ihren Leib schimmern wie Alabaster.
Burrs sah zu.

So still, man hörte die Möbel knacken.
Ob das schon hieß,
Vorbei der Knies?
Sie fuhr in ein Paar hohe Hacken
Und peilte prüfend auf ihre Füße:
Er schien Luft zu sein für die Süße.

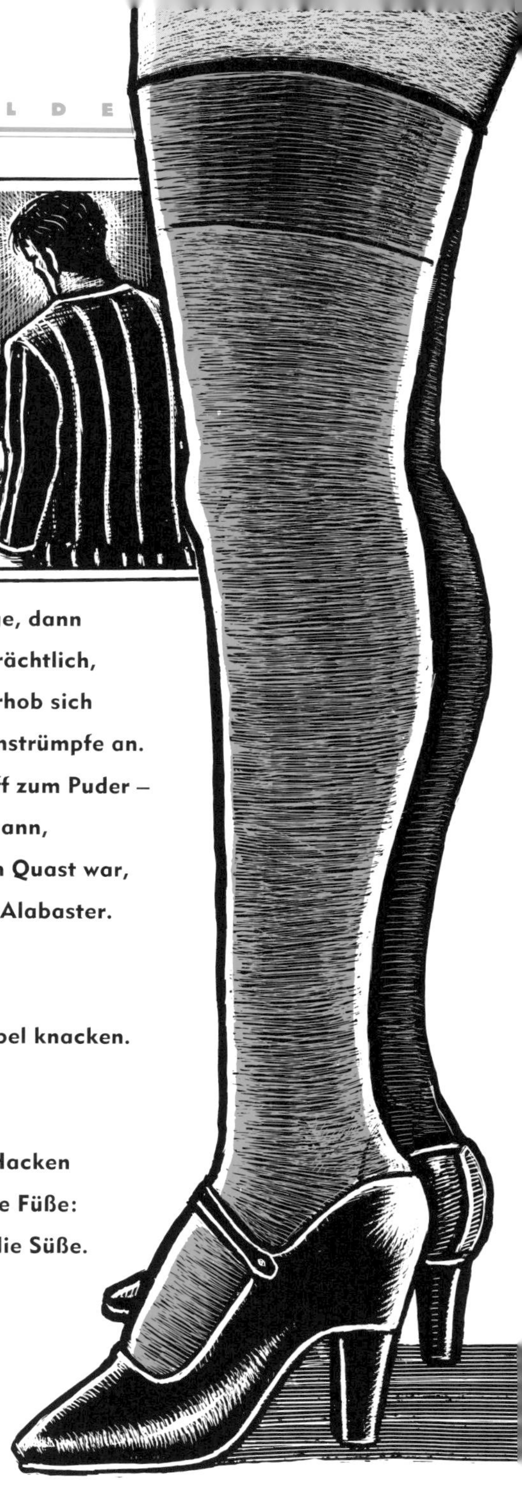

Kalt kroch ihm das Schweigen den Rücken rauf.
«Queenie!»
Stille.
Noch ein Anlauf:
«Queenie, zum Teufel –!»
Er hatte sich reinverbissen;
Ganz egal wie, jetzt wollte er's wissen.
Vergaß seinen Stolz,
Gab sich einen Ruck,
Stand auf
Und ging rüber zum Bett. Was soll's,
Er hockte sich neben sie:
«Queenie!»
Griff ihren Arm und schüttelte ihn –
Mochte wohl sein, daß sie's amüsant fand,
Doch ließ sie davon nichts sehn.
Ihre Augen blitzten:
Nix Waffenstillstand!
Sie wand ihren Arm aus seiner Hand
Und schoß hoch, ganz wütende Kanaille.

Auch Burrs sprang auf:
Schlang ihr die Arme um die Taille,
Nahm sie in die Zange und preßte
Und drückte sie unter Geschnauf.
Kurz sträubte sie sich, wehrte sich schwach –
Dann gab sie nach.

Halb zog er sie aufs Bett,
Halb sank sie hin;
Mit ihrem warmen, weichen Leib begrub sie ihn.
Sein Gesicht fest
An ihren Busen gepreßt,
Entspannte sie sich,
Hielt still
Und ließ ihren kleinen Brummbären
Mit Lippen und Händen gewähren.
Sie war wie Eis, kalt bis ans Herz:
Jetzt hatte sie, spürte sie,
Ihn am Sterz!
Sein Puls ging schneller,

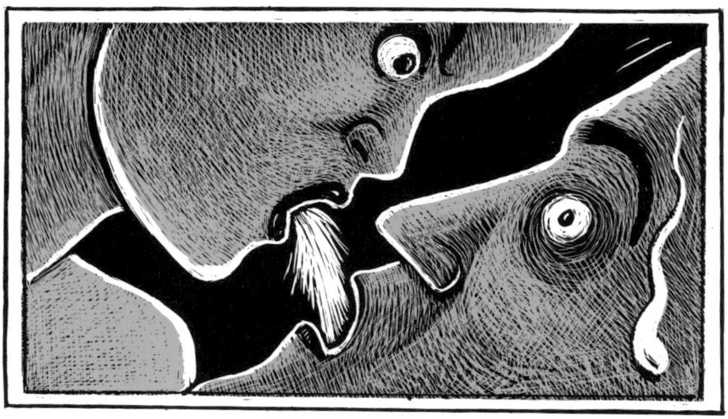

Sein Atem schwerer –
Sie verpaßte ihm einen feurigen Kuß:
Burrs erbebte, stöhnte benommen,
Und um ein Haar wär er gekommen.

Dann jedoch,
Wie die tückische Schlange,
Entwand sie sich ihm,

Kam in den Schultern hoch,
Ballte die Faust, fackelte nicht lange
Und schlug zu.

So was bekam einer Umarmung schlecht,
Fand Burrs; er riß die Hände vors Gesicht.
Sie lachte bellend auf und floh,
Er hinterher –
Bluten tat er ja sowieso!

«Du verdammte Ische,
Wenn ich dich erwische!»

Sie schnappte das Brotmesser vom Tisch
Und eine zufällig griffbereite
Leere Flasche, ehemals Whisky:
So stand in null Komma nichts sie
Drohend auf der anderen Seite.

Sie hielten inne, beäugten sich
Über den Tisch hinweg –
Beide das Tier im Blick,
Beide auf hundertachtzig.
Queenies Gesicht war kalkig wie frisch geweißelt.

«Wenn du mich anrührst,
Mach ich dich alle, du Scheißkerl!»

Als Drohung nichts Neues,
Doch der Ton zeigte an,
Daß es ihr ernst war: Gesagt, getan!

Sein Herz setzte einen Schlag aus:
«Na, was ist –?»
Die Luft war raus.

«Bei meinem Püppchen piept es,
Aber ich lieb sie, so was gibt es!»
Seufzte Burrs resignativ
Und lächelte schief;
Es lief eh, wie es lief.
Ein Schulterzucken, dann Queenies Einsatz:

«Pah! Alles Kokolores, mein Schatz,
Bleib mir vom Leib mit Sentimentalitäten!»

«Komm», sagte Burrs, «sei ein braves Mädchen;
Laß gut sein jetzt und gib
Das Messer her, wir sind quitt.
Mir ist mein Leben zu lieb.»

«Ach ja?» drauf Queenie. «Wär nichts für mich!
Und übrigens, daß du das richtig kapierst,
Wenn du mich noch mal als Schlampe titulierst,
Und ich hab ein Messer, dann krieg ich dich –
Schreib's dir hinter die Löffel, gut leserlich!»

Und ließ sich, als sei eins und eins wieder zwei,
Zu einem kleinen Küßchen herbei.

Sie nahm eine Tasse und linste rein,
Schwenkte die Kanne,
Goß sich ein
Und setzte sich.
Damenhaftes Nippen
Ebenmäßiger Lippen;
Wie versunken in Gedanken
Saß sie da, die schönen, schlanken
Beine übereinander, am Wippen.

Zeit, dem Himmel zu danken:
Frieden.

Queenies Gesicht war noch weiß vor Wut,
In ihren Augen schwelten Reste der Glut –
Doch dann, mit bedächtigem Nicken
Ihres schicken
Goldgelockten Köpfchens,
Sagte sie zu Burrs' Entzücken:
«Ich hab das Gefühl, es spricht
Alles für eine Party,
Findest du nicht?»

Drauf er: «Und ob!
Muß schon bald eine Woche sein
Seit meinem letzten Affen;
Wir laden die ganze Bagage ein!»

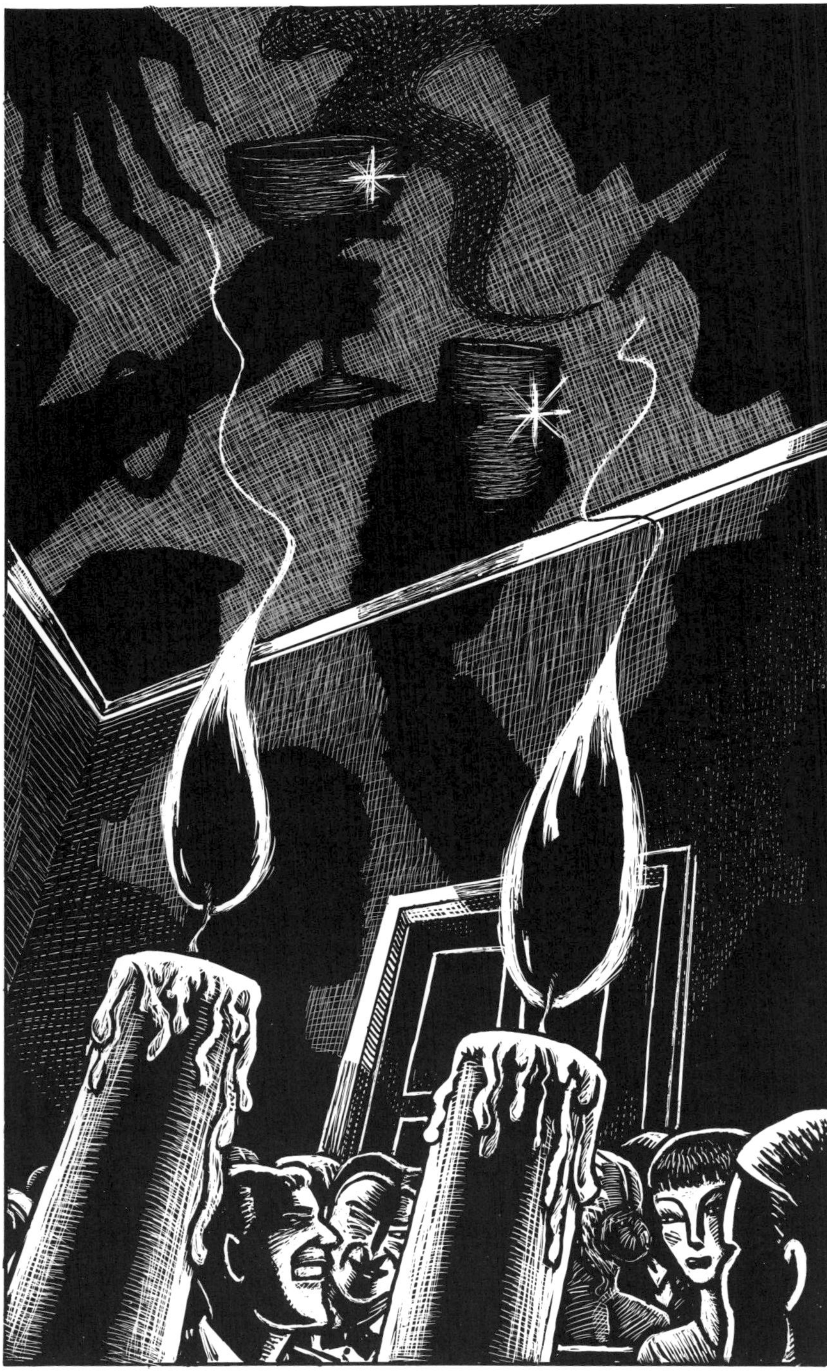

TEIL II

1

Bis Mitternacht trudelten alle ein.
Im Studio flackernder Kerzenschein,
Schummrig und vage, geheimnisvoll;
Schattengäste schwärmten ungebeten
Durch den Raum wie toll:
Die Köpfe in den Ecken zusammenstecken
Sah man sie, unförmige Schultern recken
Und riesenhafte Schädel auf den Tapeten.
Grotesk überzeichnete Extremitäten
Krochen wie Spinnen über die Decke,
Durchschnitten von prismatischen Strahlen
Aus tanzenden, funkelnden Gläsern und Schalen.
Die Flammen zuckten,
Die Schatten sprangen
Und trauten sich weiter hervor:
Unbefangen
Huschten sie
Über die weißen Gesichter,
Doch entgeistert von dem Anblick
Kuschten sie –
Zurück an die Wand flog das Gelichter.

Das Fest kam erst allmählich in Gang,
Irgendwie noch reichlich steif.

Wenn man sie schlucken sah, wurd einem bang!
Das Getränketablett im Herzen der Feier,
Von allen umlagert:
Wie die Geier!
Maskenhaft gefrorene Fratzen,
Bleich aber hellwach;
Aufgekratzt alle bis zum Platzen,
Am Schnattern und Lachen,
Doch steinernen Blicks –
Ungeduldig
Und eins nur im Sinn,
Sonst nix.

Sie kippten wie wild: Auf einem Bein
Kann man nicht stehen; bequem wird's ab drein.

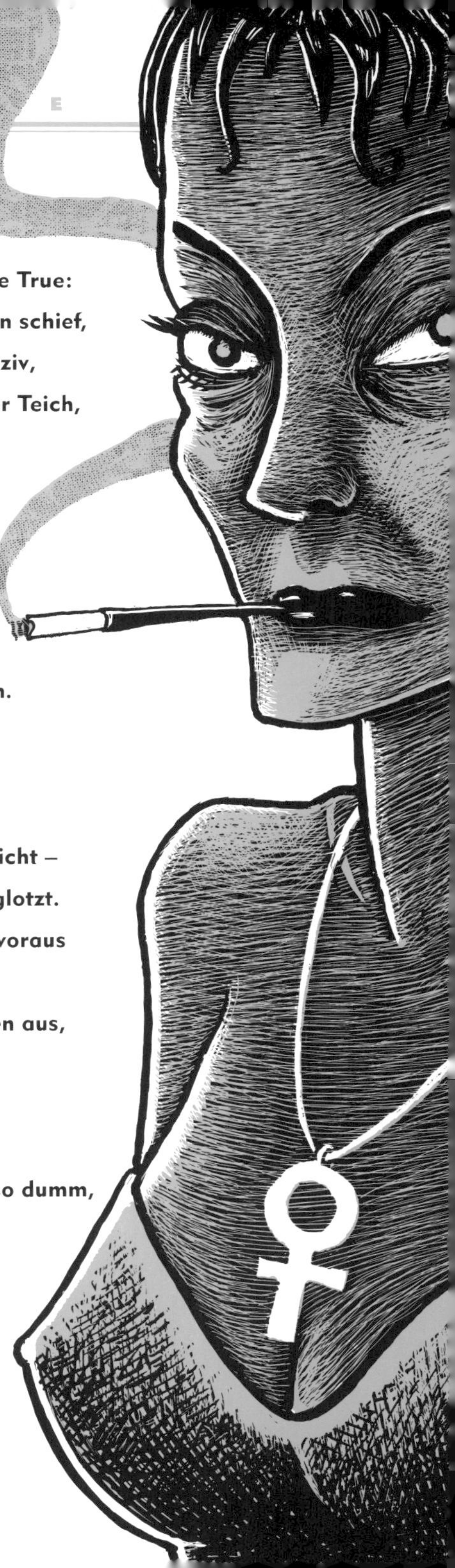

Herr des Himmels,
War das eine Crew!
Nehmen wir nur mal Madelaine True:
Ihre Augen so grün, sie standen schief,
Schlafzimmeraugen: träge, lasziv,
Reptilienhaft, wie ein stehender Teich,
Eine bessere Pfütze,
Grün von Entengrütze.

Ihr Mund so gemein,
Ein Schmiß
Rot wie Blut –
Mußte frisch aufgegangen sein.

Ihr Lotterleib war ein Gedicht,
Der Schöpfung abgetrotzt:
Es kriegte ihn alle Welt zu Gesicht –
Und mancher hat mehr als geglotzt.
Die Leute blätterten lange im voraus
Ihre fünfzehn Dollar hin
Und malten sich das Vergnügen aus,
Sie endlich tanzen zu sehn.

Frauen flogen auf sie.
War allerdings ein Mann mal so dumm,
Gab es ein böses Erwachen:
Madelaine war andersrum.

Dann Jackie
Mit den edlen Zügen:
Schmal, elegant
Und in Gesellschaft gewandt;
Nie aufdringlich, nie ungestüm,
Stets umspielt von einem Hauch Parfüm.
Ein Spitzentänzer
Sui generis –
Ausverkaufte Häuser
Von New York bis Paris.
Er hatte zwei Wagen und hatte gesessen
Wegen Diebstahl, Vergewaltigung
Und allerlei öffentlichen Ärgernissen;
Sein Ausbruchsversuch gab Verlängerung.
Traf ihn so was?
Aber iwo, Spaß
Konnte Jackie immer verstehn!
Und für Freunde durchs Feuer gehn.
Sein Vater, ein Kirchenmann, hatte ihn
Rausgeschmissen, den einzigen Sohn:
Hatte ihm seine Art nie verziehn.
Natürlich –
(Manche fanden's widernatürlich)
Seine Hüften so aus- wie einladend,
Seine Bewegungen ein Gleiten:
Der Knabe war, was das anging,
Offen nach allen Seiten.

Ganz anders Eddie:
So hoch wie breit
Und behaart wie ein Gorilla,
Mit tiefliegenden Augen
Und einer platten Nase, die war
Aus seiner großen Zeit.
Zähne hatte er nicht mehr viele;
Seine Backenknochen und die Brauen
Überlebensgroß, wie in Stein gehauen –
Wer hier auf Boxer tippte,
Lag richtig:
Ein Kämpfer, und zwar schwergewichtig!
Im Angriff schnell, dabei geprägt
Von Nehmerqualitäten,
Und einen Bums, wie wenn ein Esel ausschlägt.

Eddie hätte das Zeug zum Champion gehabt,
Mit ein bißchen mehr Geschick –
Er brach zu vielen Flaschen den Hals,
Und sie ihm das Genick.
Wenn er nicht im Ring stand, vor allen Dingen
Wenn er obendrein nüchtern war, liebten ihn alle:
Eine Seele von Mensch, und ließ gern was springen.
Doch ab dem zehnten Scotch im Blut
Behielt man ihn besser im Auge und war auf der Hut.
Und mischte er gar noch die harten Sachen,
Hieß es, einen großen Bogen machen.

Seine feste Flamme war momentan Mae:
Zum Anbeißen blonde, zerbrechliche Fee
Mit reizenden Grübchen,
Nichts im Oberstübchen –
Aber wenn das Licht aus war: olé!

Ein Tusch den Gebrüdern d'Armano,
Hier einfach Oscar und Phil;
Sie sangen Duett,
Spielten vierhändig Piano:
Eine Paarung von höchst eignem Profil.
Lispelten auch beide noch,
Ihre Stimmen ungebrochen hoch,
Liebten Puder
Und Rouge,
Pomade im Haar –
Man ahnte, daß was sie drunter trugen
Aus schweinchenrosa Seide war.

Undenkbar, daß sie je einen Schritt
Ohne ihr Patschuli täten –
Gottchen, man wäre ja nackter als nackt
Und käm schön in Schwulitäten!
So standen sie denn, beinah unbewegt,
Einander den Arm um die Taille gelegt,
In einstudierten Posen:
Wie ständig in Erwartung
Eines Regens von Rosen.

Man beachte Dolores:
Der dunkle Typ,
Hochgewachsen, schmal;
Über die Schultern einen spanischen Schal,
Einen karminroten Kamm im pechschwarzen Haar,
Der grell wie ein Blitzeinschlag war.
Ihrer Singstimme fehlte der Ton,
Dennoch fuhr sie Rolls-Royce –
Und zwar im Fond.
Sie gab gerne an, gerne vor, mein Herr,
Daß sie uralter spanischer Adel wär.
(In Wirklichkeit hatte
Der flotte Feger
Reichlich jüdisches Blut,
Mit einem Schuß Neger.)
Ihr Blicke trugen
Den Dolch im Gewande;
Sie war unter den großen Katzen
Eine der größten im ganzen Lande.
Im Bett bot sie mehr als comme il faut;
Und angemalt war sie immer noch so
Wie damals, als sie der Liebe lebte,
Gewerbsmäßig, unten in Mexiko.

Natürlich gab es da andere noch,
Ein gutes Dutzend so circa:
Sally, mit einem Landei im Schlepp,
Das mächtig nach Pinke roch –
Ihm erst vorgestern untergekommen, die Puppe,
Als dritte von links einer Trallalatruppe.

Und, wie gewöhnlich, mittendrin
Die zwei jiddelnden
Theaterchefs, ein Klagelied am Singen:
Oh, diese Kosten, ein Stück rauszubringen!
Einer schlimmer als der andere dran;
Nur zwanzig Minuten, und ihnen zerrann
Das Sümmchen von sechzig Millionen
Unter den fuchtelnden Händen.
Sie wußten, sie waren
Die tragischen Helden
Der Bühne, die wirklichen, wahren –
Bloß im Rampenlicht nichts zu melden.
Man seufzte. Und ging sich Nachschub holen.

Nadine,
Die kleine Schwester von Mae:
Vierzehn Lenze und unschuldig
Wie frisch gefallener Schnee.
Sie hatte vor Aufregung Kulleraugen;
Daß sie hier dabei war,
Sie konnt's fast nicht glauben!
Ganz hübsches Frätzchen,
Und wirkte auch älter –
Doch kannte sie einschlägige Mätzchen
Bisher nur vom Erzähln her.

Und Burrs, selbstverständlich:
Groß in Schale geschmissen,
Mit einer Fahne, die konnte man hissen;
Kaum daß irgendwo ein Glas leer war,
Schon stand der beflissene Gastgeber da.

Sowie noch ein paar von der zweiten Besetzung,
Bißchen weniger Klasse, weniger Schwung:

Nicht ganz so durchtrieben, so großkotzig,
Nicht so gerieben und hinterfotzig –
Statisten halt, die noch zu lernen hatten.

Aber eine stellte heut alle in den Schatten:
Queenie, in Schwarz,
Raffiniert, rein
Und strahlend schön;
Ein Antlitz von Elfenbein,
Flüssiges Gold ihr Haar, welch eine Pracht –
Schier anbetungswürdig, zum Niederknien gemacht.

«Mein Gott, du siehst hinreißend aus, Queenie!»

Drauf trocken sie:
«Fühl mich auch bumsfidel wie noch nie!»

2

Die einzige, die jetzt noch fehlte, war Kate,
Queenies Busenfreundin, wie sie im Buche steht:
Ein fuchsrotes Luder; sie trieb's gerne bunt.
Schlank die Fesseln, rank die Hüften,
Keß ihre Augen – und erst dieser Mund!
Stets à la mode;
Launisch, gerissen,
Ränkespielchen ihr täglich Brot –
Und doch mochte man sie nirgends missen.
Ihre schlüpfrigen Witze hatten so was,
Da machte der bravste Pfaffe sich naß.
Entschieden eine Sünde wert!
Gegenwehr hatte da wenig Zweck,
Es blieb einem schlicht die Spucke weg:
Noch jeder, der diese Haut je berührt,
Hatte sein Herz in der Hose gespürt,
Und wollte, am Ziel dann, nicht mehr vom Fleck.
Kate hatte schon an so mancher Frau
Trautes Heim die Lunte gelegt,
Hatte manchem Mann schon den Ast
Mit Lust und Liebe abgesägt.

Begehrenswert war sie
Und lüstern,
Ausgebufft
Und nicht von gestern:
Geradeaus wie eine Kobra, die zuschlägt.

«Wo hat sich das Biest bloß verkrochen?» sagte Queenie,
«Sie wollte doch kommen, sie hat's mir versprochen.»
Sprach's, und –
«Pochpoch!» an der Tür.

«Hereinspaziert!»
Als Reaktion ein überdrehtes
Dünnes Gekicher,
Umkippend
In wenig diskretes
Getuschel auf dem Flur –
Und wieder Stille.

«Herein!»

Die Tür flog auf:
Und da stand Kate,
An ihrer Seite ein Mann;
Beide auf Großes Theater,
Ganz auf piekfein angetan.

«Trara!» tönte Kate wie Fanfarenklang:
«Und wen habt ihr so dabei,
Meine Damen? Hier geht's lang!
Darf ich präsentiern: meinen süßen Schleck,
Herrn, äh – Herrn, öh – den Herrn
Black!
Das ist Queenie.
Das ist Burrs.
Jackie hier, der tanzt Spitze;
Und Teufel, da ist ja auch Mae!
Hallöchen! Hab ich einen sitzen!»

Queenie trat näher
Und inspizierte Kates Männe
Mit professioneller Kenne.
Der stand groß, dunkel und breitschultrig da:
Vielleicht fünfundzwanzig,
Wenn er die war.
In gedecktem Zwirn eine gute Figur –
Sorgfalt offenbar seine zweite Natur.
Er wirkte einfach herrlich normal;
Seine Augen funkelten kolossal;
Braungebranntes Gesicht, das Lächeln weiß,
Seine Züge wie getrieben in Stahl.
Und unverdorben!
Fesch sah er aus, und frei von Sorgen.

Er strahlte so was von Tennis aus,
Von Polo und Jachtklub
Und Saus und Braus;
Dazu, ungekünstelt, diese Souveränität,
Die eine 1a Kinderstube verrät.

Queenie besann sich kurz,
Ließ dann aus schmalen Schlitzen
In Richtung Burrs
Ihre Augen blitzen
Und lächelte solch
Ein Lächeln – ein Dolch
Konnte nicht besser die Schwarte ritzen.
Ihr angedeutetes Nicken
Ließ ihn in Abgründe blicken:
Burrs spürte die Sporen
Sich in seine Flanke bohren –
Jetzt war Queenie am Drücker!
Kam ihr auf die rüde Tour?
Da half's nicht im Guten,
Dafür sollte er bluten;
Das Fest war gedacht, ihm die Hölle heißzumachen:
Sie würde sich diesen Black anlachen!

Die grauen Augen verhangen,
Ihre Wimpern am Fächeln,
Entbot sie dem ein scheues, fragendes Lächeln.

«Angenehm», sagte sie, «how do you do.
Wie Sie sehen,
Geht es bei uns recht ungezwungen zu.
Schön, daß Sie uns diesen Abend schenken;
Burrsie, machst du Herrn Black was zu trinken?»

Black war perplex; er sagte schnell
Irgendwas Nettes, und dann:
«Nehmen Sie es nicht als Unverschämtheit,
Bitte, wenn ich Sie so fixiere,
Aber – Ihre Haare – Ihre –!»

«Laß dir gesagt sein, Junge», warnte Kate,
«Bei dem blonden Vamp hast du nichts verloren!
Als du noch ganz grün warst, hatte die
Es schon faustdick hinter den Ohren.»

«Daran zweifle ich kein Stück»,

Griente Black und sah Queenie an –
Und die lächelte hold zurück.

Ihr Blick umflorte sich fotogen,
Als hätte sie ein Gespenst gesehn.

Die Lider gesenkt, und Schatten der Gruft
Von violetten Wimpern unter die Augen getupft,
So verharrte sie kurz –

Und fand dann wieder zu sich.

Das war routiniert gemacht:
Botschaft rübergebracht!

Black blieb stumm, doch sein sanfter Blick
Signalisierte Mitgefühl für ihr Geschick:
Das arme Kind! Vom lieblosen Leben
Hart rangenommen, das hatte Schrammen gegeben.
Und, großer Gott,
Dabei so schön
Wie eine Prinzessin
Im Märchen – ja, da paßte sie hin!

Queenie entschwebte.
Er blickte ihr nach wie gebannt –
Kate lachte hell auf, süffisant:

«Ich muß schon sagen,
Wirklich,
Ei der Daus,
Das schlägt dem Faß den Boden aus:
Zieht die ihr süßes Näschen kraus
Und schmeißt sich bei dir ran!»
«Wie meinst du das?» fragte Black,
«Was hat sie denn getan?»
«Hör mal, Kleiner, ich mag dich gern,
Und ich bin, zugegeben, blau,
Aber worüber ich rede, weiß ich als Frau!
Und ich sage dir eins, die kriegt Ärger,
Wenn sie nicht aufpaßt bei ihrem Kerl da.
Also komm zur Räson,
Laß die Finger davon –
Ich hab dich gewarnt vor der Person!»

Black sagte nichts, wurde nachdenklich:
Demnach waren sie und Burrs ein Paar –
Das gab ihm irgendwie einen Stich.
Er musterte Burrs, und was er da sah,
Ging ihm wie einem Fisch der Haken nah.
Das also war der Mann ihrer Wahl?
Na phänomenal!
Er leerte das Glas in einem Zug,
Sein Lächeln plötzlich wissend:
Auch nur ein Flittchen!
Und Schluß mit dem Spuk!

3

Die Kerzen zuckten, so ging es jetzt rund;
Die Schatten hielten sich im Hintergrund,
Die Gesellschaft kam mächtig in Fahrt:
Aus Gelächter wurde Kreischen,
Das Blabla trieb Blüten –
Und wie die Wangen der Damen unterm Puder glühten!
Sogar die Herren färbten sich zart.
Der Raum geschmückt mit Rauchgirlanden,
Die sich bauschten, kringelten,
Um sich selber ringelten
Und magisch zu den Kerzenflammen strebten –
Was sie nicht überlebten.
Augen, funkensprühend,
Sagten einfach du;
Was die Münder sprachen –
Keiner hörte zu.
Plötzlich ein Schrei:
Klirrend ging ein Glas zu Bruch;
Die Frau fuhr zusammen
Und tat einen Fluch,
Als wär wunder was dabei.

Auf dem Bett saß ein Mädchen,
Für sich allein:
Bleich, reserviert
Und wie aus Stein;
Ihr Mund eine dunkelrot samtene Blüte,
Die Frisur wie aus Gußstahl erster Güte.
Mit Augen, die tief in den Höhlen lagen,
Von lila Schatten umweht,
Saß sie da, ohne sich zu regen –
Eine Nonne im stummen Stoßgebet.

Hungrig beäugt von Madelaine True:
Die schnürte hinüber zum Bett
Und setzte sich dazu,
Legte mit einiger Zuversicht
Sanft ihre Hand auf des Mädchens Hand –
Und die Kleine rührte sich nicht.

Saß nur da,
Tat keinen Mucks
Und stierte die Wand gegenüber an,
Wo ein Gespinst von Schatten wuchs.
Madelaines kundige Finger glitten
Sachte empor an ihrem Arm:
So zierlich, aus Elfenbein geschnitten;
Der kleine Busen, unter Spitze verborgen,
Hob sich und schlug zitternd Alarm –
Da, ihren Lippenkelch öffnend,
Erschauderte sie warm.
Entzog sich gleich darauf verstohlen,
Stand auf, um sich was zu trinken zu holen.

Kate tat mit Burrs wie lang-nicht-gesehn,
Fiel ihm um den Hals, ließ Black einfach stehn.
«Die will offenbar in die vollen gehn!»
Dachte Queenie, als sie das sah,
Und wechselte fix die Platte:
Eine schwüle Nummer, die's in sich hatte;
Und schon, wie der Blitz,
Stand sie vor Black:
«Tanzen Sie mal mit mir?
Kate scheint ja vorerst weg –»
Und lächelte ach so scheu ihn an;
Errötend, wie's sonst nur ein Schuljunge kann,
Nickte er, völlig in ihrem Bann.

Also tanzten sie denn –
Und der Tanz ging los:
Queenie war wunderbar,
Der Knabe ganz groß.

Ihre Schritte ein Schweben,
Ein Traum
Griff Raum –
Einen Rhythmus, die beiden,
Man faßte es kaum!
Und ihre Haltung
Aufrechter, strammer,
Nicht so wie rings das Geklammer.
Queenie, tiptop,
Ein Bild für die Götter:
Tanzte, als ob
Zwischen ihnen ein Schwert wär.

Doch die Musik fand Wege:
Eine sanft murmelnde Modulation,
Wie unterwegs in Morpheus' Arme schon,
Und träumerisch wehte die Melodie
Heiser von tief aus des Saxophons Knie;
Dazu raunend der Rhythmus mit der Urkraft
Eines Herzens, das hämmert vor Leidenschaft.

Da erbebte Queenie –
Und ihr Beben fuhr ihm in die Glieder;

Enger umfing sein Arm ihr Mieder,
Sie an sich reißend spürte er,
Wie weich die Frau war, und schmiegsam,
Daß es einem den Atem nahm!

Wie die Lichter schmolzen,
Ihm unter den Füßen der Boden verschwamm!
Und jetzt zog Queenie alle Register:
Seine Lippen kitzelnd mit ihrem Haar,
Bauchte sie sich wie ein Flitzebogen,
Und drängte
Und klebte erogen
Ihren Körper an den seinen,
Vom Busen abwärts
Bis zu den Beinen.

Das pointierte perfekt den Tanz;
Noch zwei Schritte mehr –
Aus wär's gewesen mit der Balance,
Und langgelegen hätten Dame und Herr.
Zugleich mit ihnen war auch die Platte
Fertig, gipfelnd in einem Tremolo –
Zögernd ließen sie voneinander,
Arme sanken ins Nirgendwo.
Sie schenkte ihm einen verwirrten
Blick, schien versunken ganz,
Und ihre Lippen girrten:
«Unser erster Tanz!»

«Hol uns die Gläser, wir wollen uns setzen.»
«Klar, bloß – wird das Kate recht sein?
Säh sie ungern das Messer wetzen!»

Queenie langte vom Bett ein paar Kissen:
«Ist dir doch recht auf dem Boden?» wollte sie wissen.
Und so fanden sie ein Eck,
Halbwegs lauschig,
Hinter einem Sessel,
Polsterten es
Und setzten sich.

«Oha», dachte Black,
«Ich rieche den Braten.
Jetzt geht's ans Küssen –
Kann's kaum erwarten!»

Legte ihr den Arm um,
Flüsterte zärtlich ihren Namen –
Doch Queenie war weit vom Ja und Amen:
Sie gab die erschrockene Kindchennummer.
«Nicht, bitte, nein –
Du – Du – Dummer!»
Schob ihn weg und wandte sich ab;
«Bist also auch nicht anders!»
Befand sie knapp.

Sein Arm fiel von ihr wie abgehackt,
Und gleich kam ihm die Schamesröte
Heiß in die Ohren gejagt.
Er hatte in ihr ein Flittchen gesehn!
Was für ein grober Klotz er war,
Was für ein elender Kretin!
Gestammelte Entschuldigungen:
«Tut, tut mir leid, wirklich –
Ist mit mir durchgegangen –
Ich, ich muß wahrhaftig
Den Kopf verloren haben eben –
Kannst du mir noch mal vergeben?»

Sie hob die Augen, tränenfeucht,
Und seufzte – um sich sogleich
Die Wangen abzuwischen.
Dann nickte sie tapfer
Und rang um ein Lächeln:
Etwas wehmütig noch;
Schließlich dann flog ihm doch
Von ihren Lippen ein Kußhändchen zu.

Aber Blacks blutende Seele
Wollte nicht genesen –
Am liebsten wäre er tot gewesen!
Trübsinnig blickte er zu Boden.

«Eine wie dich hab ich immer gesucht»,
Beteuerte er,
«Und jetzt hab ich's verpatzt!
Du mußt mich ja für einen alten
Hallodri halten,
Nichts als ein Stromer, ein Strizzi –
Wieder mal alles für die Katz!»

Queenie blickte ihn aus großen,
Ungläubigen Augen an:
Herr des Himmels – was für ein Mann!

«Tja», seufzte er, «das war's dann wohl;
Sag ruhig, wenn ich verschwinden soll.»

Sie aber schüttelte den Kopf
Und sagte:
«Nein –
Bitte bleib!
Du bist ein netter Kerl, wirklich –
Sei doch bitte ein Freund für mich,
So einen bräuchte ich nämlich.»

Da strahlte er freudig, erlöst,
Wie ein Schatzsucher, der auf was stößt.
«Aber ja doch, nichts lieber als das!»
Sagte er.

Er hob sein Glas,
Sie hob ihr Glas,
In beiden funkelnd köstliches Naß:
Stießen an mit dem Rebensaft
Auf die Freundschaft –
Prosit!
In vino veritas.

Unterdessen tauschten auf dem Bett,
Die Klüsen dicht vor Glückseligkeit,
Kate und Burrs einen feuchten Kuß
Für eine kleine Ewigkeit.
Selbstverständlich bedeutete das
Beiden nicht die Bohne –
Es ließ sich bloß mit ein bißchen Spaß
Besser leben als ohne.
Sie lösten die Lippen
Und rangen nach Luft;
Trüb ihre Augen,
Der Spaß schien verpufft;
Ihre Blicke schweiften im Raum herum,
Und ein Gedanke nur trieb Kate um:
«Wo ist mein Galan hin, der miese Schuft?»

Dann entdeckte sie die Ecke;
Sie sperrte Mund und Nase auf
Und rollte die Augen zur Decke:
«Seh sich das einer an!
Wetten, da kommst du nicht drauf!
Ich lach mich krumm –
Der knutscht mit deinem Herzblatt rum.»

Burrs riskierte einen Blick,
Einen langen, bittern:
«Ach nee», sagte er, «die ham's grad nötig!»
Die Augen schmal, in den Händen ein Zittern.

«Bist ja eifersüchtig!»
Zwinkerte Kate ihm keß zu.
«Ich und eifersüchtig?»
Er bemühte sich, überlegen zu gucken:
«Das wüßt ich!
So was kann mich doch nicht jucken.»

Im Kerzengeflacker Schatten, ragend wie Schränke,
Wild am Kobolzen über Tische und Bänke,
Völlig außer Rand
Und Band –
Darin dem Fetenvölkchen verwandt.

Ein tolles Getümmel, eine Schlacht:
Es wurde gelärmt und wurde gelacht;
Da quiekte es spitz, dort fluchte es fett,
Und die Absätze trommelten aufs Parkett.
Eng umschlungen tanzende Paare schienen
Ein Tier mit zwei Rücken; wüste Mienen
Rings im Kreis,
Naß vom Schweiß,
In den Augen mehr Rot jetzt als Weiß.

Seite an Seite Oscar und Phil,
Die Schwestern d'Armano, wenn man so will,
Einträchtig am Klimperkasten:
Sie hauten mit Verve in die Tasten
Und sangen lauthals dazu und schrill.

Hämmerten an gegen den Heidenlärm,
Als schlügen sie Nägel in ein Brett,
Und kreischten ihre Liedchen im Falsett.

Von hinten trat Jackie heran an Phil,
Und seine Hände begannen ihr Spiel;
Die eine lag ihm auf der Schulter, schwer,
Die andere wollte offenbar mehr:
Weiße Finger strichen durch schwarzes Haar,
Und kosend glitten sie von da
Den Nacken hinab.

Unverändert anmutig Phils Tastenspiel,
Bog er den Oberkörper auch zurück
Und hob sein lilienweißes Profil;
Feingliedrig faßte Jack die Physiognomie:
Er neigte sich zu den Lippen, dann küßte er sie.

Oscar sah's,
Und prompt ließ er die Fäuste
Auf die Tasten knallen.
«Das ist ja das Neueste!»
Stieß er mit spitzem Schrei aus,
«Ich hab alles gesehn!
Du hast ihn geküßt. Geküßt hast du den!»
Zog Phil drauf die Stirn kraus:
«Ja, und selbst wenn?»

Ein Ächzen von Oscar;
Er sackte zusammen
Und barg sein Gesicht in den Händen:
Die Tränen kamen.
«Heile, heile!» säuselte Phil
Ihm ins Ohr und beeilte sich,
Ihn zu umarmen –
Doch Oscar ging hoch: Zeit für ein Solo!
«Hände weg», fing er an zu schrein,
«Bitte nicht auf diesem Niveau!
Da stoß mir lieber gleich den Dolch rein.
Nach allem, was war zwischen uns,
Schenkst du einem andern deine Gunst?
Mein Gott –
Moralischer Bankrott!»

Die Zuschauermeinung war durchaus geteilt;
Mit guten Ratschlägen wurde dem einen
Wie dem anderen zu Hilfe geeilt:
Feixend gab man den Hähnen
Die Sporen –
Denen klingelten vom Gegacker die Ohren.

Sagte Phil:
«Geh doch zum Teufel, und zwar bald!»
Jaulte Oscar: «Du Biest du,
Ich mach dich kalt!»

Womit er ihm an der Gurgel war;
Backpfeifen, beinah schon richtige Dresche:
Sie gingen einander schwer an die Wäsche
Und keuchten und stöhnten, ganz wie ein Paar.
Ihre Schminke verschmiert,
Die Frisur ramponiert –
Die ganze Bande stand um sie herum:
Johlendes Ringpublikum.

Da trat Jackie vor
Und ging zwischen die beiden:
«Können wir nicht eine Szene vermeiden?»
Drehte Oscar sich um zu ihm, tränenblind:
«Alles deine Schuld, daß wir uns böse sind!»

«Ich weiß. Tut mir leid. Aber war doch nur Spaß.
Seid euch wieder gut, kommt,
Wir trinken ein Glas
Wie Gentlemen, ersäufen den Kummer –
Und dann bringt ihr uns eure neue Nummer!»

Nach viel gutem Zureden gaben sie Ruhe:
Ein Küßchen – und Platz,
Schluß mit dem Getue.
Jackie ging auf die Zehenspitzen,
Ohne sich irgendwo abzustützen
(Spricht für Gottes starken Arm,
Daß er nicht aus dem Gleichgewicht kam!)
Und tönte, beidhändig fuchtelnd, in die Runde:
«Mal hergehört, meine Lieben, eine Sekunde!
Die Brüder d'Armano
(Hoch mit euch Brüdern, Verbeugung!)
Haben ein brandneues Lied,
Ziemliche Wucht nach meiner Überzeugung:
‹Mein Täubchen ist weg›, so lautet der Titel,
In ihrem Triumphzug ein weitres Kapitel.
Es steht uns ein Kunstgenuß ins Haus,
Drum, meine Damen und Herren,
Bitte: Applaus!»

Ein Jubeln und Pfeifen
Und Klatschen brach los,
Indes Jackie niedersank auf Sallys Schoß.
Dann verstummte der Raum,
Alles mucksmäuschenstill –
Bis auf ein Frauenlachen,
Besoffen und schrill.

Der erste Akkord: schön schräg, und dann
Ein kleines Vorspiel gegen den Takt,
So fing das Ding an.
Die Strophen zwar schwach, doch Kunst der Refrain –
So was schüttelten die beiden aus der Lamäng:
«Mein
Täubchen,
Mein turteliges Blondchen
Ist
Weg!
(Oh weh, weg!)

Ach!
Wie ich
Wünschte, ich wär
Überhaupt nie
Geboren!
(Bin so verloren!)

Sie und ihr
Schlafzimmerblick!
Dieser Kußmund –
Diese Beine –
Und Hüften hatte die Kleine!

Ich liebte noch nie
Ein Vögelchen wie sie,
So voll Esprit –
Und Melancholie –
Verrückt machen konnt einen die!
O-oh,
Mein
Gurrendes, schnurrendes
Strubbelköpfchen
Ist weg!
(Oh Schreck!)

Drum zückt
Eure Taschentücher,
Brüder und Schwestern,
Und helft mir –
Trauern!
(Und trauern kann dauern!)»

Die Bande war hin und weg:
«Ganz große Klasse!»
Eine einzige tosende, trampelnde Masse;
Sogar die drei Pärchen, die auf dem Bett
Griechisch-römisch umschlungen lagen,
Mußten angesichts des Lärms
Kurz mal ein Auge wagen –
Weil auch eine Razzia keinen gewundert hätt.

«Zuu-gaa-bee!» brauste es wie ein Orkan,
«Zugabe, kommt!»
Worauf die Brüder prompt
Parierten; alles hielt die Luft an.
Doch grad wollte Phil so richtig mit Macht
In die Tasten, da erscholl aus tiefster Nacht
Eine Stimme, und diese Stimme
War mehr als pikiert –
Klang wie einer, der im Grab rotiert:
«Ruhe, verdammich! Ich will schlafen!»

Für einen Moment
Verschlug's ihnen glatt
Die Sprache, so waren sie platt.
Dann aber fingen sie an zu johlen,
Begierig,
Zum Gegenschlag auszuholen:
Alle stürmten ans Fenster –
Wie diese Pfropfen,
Die zur Stoßzeit die U-Bahn verstopfen,
Rempelten sie los,
Kannten keine Verwandten:
Mit Zähnen
Wie Hyänen,
Mit wenig charmanten
Flüchen bewaffnet, und schlimmeren Sachen,
Lugten da Fressen raus zum Bangemachen.

Nacht.
Und aus nächtlicher Finsternis hervor
Traten schwarz die Fassaden ringsum,
Ragten schier endlos empor:
Kalt und abweisend,
Schlafend,
Stumm.

Sie peilten hoch an der Häuserfront –
Und tatsächlich, da, jenseits der Schlucht
Fanden sie, was sie gesucht:
Ein Fenstviereck,
Erleuchtet, bleich;
«Da drüben», grölten sie,
«Ist ja der Scheich!»
Die Gestalt eines Mannes, wo das Licht war,
In Umrissen gegen das Zimmer sichtbar.
Und wieder die Stimme, ernstlich vergrätzt:
«Ruhe! Endlich Ruhe jetzt!»

«Wer fragt denn dich? Was soll das Geschrei?»

«Mann Gottes, ist mal grad halb drei!»

«Krieg dich wieder ein!»

«Hau ab! Verzieh dich!»
(Die wüsteren Dinge stehen hier nicht.)

«Ihr haltet anständige Bürger wach!»

«Ach, Schnauze, Mensch, mach mich nicht schwach!»

«Anstandswauwau!» trompetete Eddie.

«Ja, Anstand,
So was ist euch wohl fremd –»
«Komm rüber, und ich box dich aus'm Hemd,
Armleuchter, dann vergeht dir der Spaß –
Ist das deine Stadt hier, oder wie oder was?»

«Oha, ihr seid mir ja ganz schwere Jungs!»
Höhnte die Stimme herüber,
«Aber im Ernst mal, Schwamm drüber:
Ich hab anständig um Ruhe gebeten –
Also Schluß mit der Feierei,
Sonst ruf ich die Polizei!»

«Hast du selbst keinen Knüppel, Hänschenklein?»
Wieherte Mae, und die Korona fiel ein.

«Ich hab euch gewarnt!»
Die Silhouette verschwand –
Und Siegesgeheul
Brach los,
Ein kreischender Diskant.

Im Zimmer drüben verlosch das Licht.
Sie zogen die Köpfe wieder ein
Und standen da, noch dicht an dicht,
Grinsten und machten einander klar,
Mit den schillerndsten Epitheta,
Was von Silhouetten bei Nacht zu halten war.
Meinte Eddie: «Der will sein' Schlaf genießen?
Soll er sich ein' auf die Lampe gießen!»

«Und wo er sich seinen Knüppel hin –»

«Aber haargenau, Mädchen, immer rin!»

«Prima Dämpfer gewesen, Mae!»

«Wie kommt die auf solche Sachen bloß?»

«Also, Kinder,
Ich, ich find, der
Fez geht jetzt erst richtig los!»

Burrs sah sich um:
Nur ein paar Schritte weiter
Standen Queenie und Black
Und turtelten heiter.
Nicht mit anzusehn das! Er hielt inne –
Fast war's, als schwänden ihm die Sinne.

Queenies Arm hob sich: ihre weiße Hand
An fremder Wange, sonnenverbrannt.
Burrs zog die Brauen zusammen,
Und finster brütend fühlte er,
Wie seine Handflächen kalt ins Schwitzen kamen.
Die beiden durchbohrend
Mit stechendem Blick,
Drängte er näher ran, Stück für Stück:
«Queenie!»
Sie fuhr herum –

«Oh – hallo, Burrs»,
Kam's ganz unverbindlich.
Ihm bebten die Lippen, aber empfindlich!

«Queenie, komm her!»
Worauf sie erblaßte
Und zu Black sagte: «Momentchen,
Ich schaukle eben das Kindchen.»

Sie trat etwas abseits mit Burrs.
«So. Was liegt an?»
Hart ihre Stimme – Alarmglockenklang!
Er starrte und starrte. Und dann schroff:
«Wenn das nicht aufhört, gibt es Zoff!»

«Wie bitte? Was sind denn das für Sachen?
Willst du hier etwa einen Aufstand machen?»
Ah, wie die Augen funkelten,
Ihre Wangen unterm Puder dunkelten –
Zweck der Übung
Erreicht: Burrs zeigte Wirkung!
Elender Hund der,
Jetzt kriegte er sein blaues Wunder!

«Du weißt, ich hasse solche Episoden!»

«Aber wieso denn?»

«Sense jetzt, sag ich. Es reicht!»

«Ach nee – überschätzt sich hier wer vielleicht?»
Und Pause.

«Laß gut sein, du sägst an deinem Ast!»

Drauf sie:
«Kann tun und lassen, was mir paßt!»

«Nicht, wenn ich's spitz krieg!»

Womit er sie am Handgelenk packte
Und drehte, bis es da knackte.

Sie zuckte,
Und ihr leises Wimmern
Rief Black auf den Plan:
So bleich, sein Schädel schien durchzuschimmern.
Fixierte Burrs: Da war nichts mehr zu kitten!

«Darf ich um diesen Tanz bitten?»
Wandte er sich an Queenie.

Burrs ließ sie ziehen; er feixte dazu,
Trotzig erhobenen Hauptes,
Und war zurück auf dem Bett bei Kate im Nu.

Die Kerzen loderten jetzt voll entbrannt;
Die Schatten wirkten mitgenommen an der Wand,
Die Atmosphäre eindeutig sexgeschwängert:
Stiernacken, von fahlen Armen umschlängelt,
Gesichter, die ineinanderflossen,
Saugende Lippen,
Augen geschlossen –
Man war zum Äußersten entschlossen.
Von den Schultern rutschende Spaghettiträger:
Kein Halten mehr, es wurde schräger und schräger!
Schneeweiße, schlanke Kehlen wölbten sich
Unter hungrigen Küssen auf transsylvanisch.

Ein Gesäusel,
Ein Gekeuche,
Auf und ab wogende Köpfe und Bäuche

Kleine Geständnisse, große Gefühle –
Das Bett war ein einziges wüstes Gewühle.
Ein hausgemachtes Sündenbabel:
Verrutschte Röcke; entblößt bis zum Nabel
Weiße Schenkel, von schwarzen Pranken betatscht;
Knie gewinkelt, Knie gegrätscht,
Seidenbestrumpfte Beine gereckt,
Zuckend – und irgendwo wieder versteckt.

Madelaine True und ihre Nonne für Arme
Spielten, in Kissen gewühlt, miteinander Dame:
Madelaines bloße Schulter schimmerte blank,
beinern, durch dichten Haarvorhang,
Und an ihre bebende Brust gedrückt
Hielt sie den kleinen Kopf, selig, verzückt.

Dolores weinte; ihr Kamm war kaputt.
Sie wollte nach Hause: Wär jemand so gut –?
Zog einen Schuh aus, Strumpf hinterher,
Nie versagender Trick:
Sofort saß ein Bursche neben ihr,
Und sie wiegten sich zur Musik.
Ihre flammendroten Nägel betrachtend,
Gingen auch ihm die Augen über;
Sie verbarg ihr Gesicht, war ganz hinüber,
An seiner starken Schulter schmachtend –
Er mußte sie einfach drücken, mit aller Kraft,
Und eingestehn seine stille Leidenschaft
Für diese Nägel, immer schon –
Das kam komischerweise Dolores
Kein bißchen spanisch vor;
Er küßte sie, und sie ihn zurück,
Bald waren sie auf und davon.
Und niemand vermißte das junge Glück.

Die Schlafzimmertür flog auf mit Schwung:
Ein Mädchen kam herausspaziert,
In männlicher Begleitung.
Sie küßten sich, als tauschten sie Ringe,
Und waren offenkundig guter Dinge;
Sein Anzug arg aus der Façon,
Ihr Kleid verschrumpelt wie ein gebrauchter Ballon –
Das hatten sie nun davon!
Er zog seinen Schlips wieder lotrecht,
Sie ging sich mit Lippenstift
Und Puder durchs Gesicht
Und rückte ihre Frisur zurecht.
Was war dort drinnen vorgegangen?
Wer die zwei sah,
Ahnte, was war –
Und das schien allen zu langen.

Oscars und Phils Hände lagen wie Blei
Auf verschwommenen Tasten:
Mit ihrer Kunst war's vorbei.
Aschfahl die Gesichter,
Ihr Lächeln matt,
Spielten sie lustlos was vom Blatt.
Sie rutschten ab,
Sie hauten daneben,
Doch selbst ihren Dissonanzen fehlte Leben;
Sie rumpelten
Und schepperten,
Als ob sie Porzellan zerdepperten.

Durch all diesen Mißklang
Wehten vom Grammophon,
Ohne Ende,
Ohne Anfang,
Fetzen in Bleu mourant.
Drei umschlungene Paare machten
Sparsame Schritte,
Horchend hinab in ihre Mitte.

Dem Raum und allem den Rücken gekehrt,
Queenie und Black in ihrer Ecke,
Mit extra langen Drinks bewehrt:
Ihr Kopf ruhte lässig auf seinen Knien,
Ihr Blick ging versonnen zur Decke,

Das war soweit gut und schön –
Kein Problem;
Wenn zwei sich ewige Freundschaft schwören,
Hat alles Fleischliche aufzuhören.
Das alte Thema Nummer eins –
Man staune, für sie ist es keins!
So saßen sie da; seine Hand strich ganz
Sanft über Queenies güldenen Strahlenkranz
Und ihre Wange, manchmal, wie zufällig.
Sie blickten einander tief in die Augen;
Sprachen nur, wenn der Wunsch sie beschlich.

Black schmachtete sichtlich, doch er als Gent –
«Komische Sache schon, irgendwie,
Daß du hier –
So bei mir –
Das hätte ich mir nie –»
Er zögerte einen Moment:
«Weiß gar nicht, wie ich's sagen soll.
Du –
Und ich –
Und da hinter uns geht es doll –»
Blick über die Schulter, geringschätzend:
«Vielleicht ist das der Lauf der Welt,
Und wir stehn neben dran;
Wenn man hier mit dir Händchen hält,
Geht einen all so was

Unendlich wenig an!
Beinahe wie ein Traum ist das.»

Queenie nickte, senkte die Lider,
Seufzte selig und hob sie wieder:
Ihre Augen taufeuchte Perlen.
«Du bist wirklich der gute Junge
Unter all diesen Kerlen!»
Sagte sie mit spitzer Zunge –
Und wiegte den Kopf, leicht konsterniert.

Black sah sich noch mal um, nahm einen Schluck:
«Nichts für ungut, ich weiß,
Du hast nichts zu tun mit diesem Spuk.
Du bist viel zu gut für so war wie hier!
Dieser Burrs zum Beispiel, dieses Geschmeiß,
Hat eine Tracht Prügel gut bei mir.
Dreht der dir den Arm um!
Ich wette, der Mensch hat keinen Mumm!»

Und wutentbrannt riß er
Ein Streichholz an, gab ihr Feuer.

Queenie sah ihn kurz von der Seite an;
Ihre Stimme bebte, als sie begann:
«Wie ich damals Burrs begegnet bin,

War er das Größte –
Für mich, verstehste?
Doch, richtig nett, sage ich dir,
Und er war gut zu mir.
Ich war müde und krank und schrecklich allein,
Ich hatte kein Engagement –
Und er, er wickelte mich ein
Mit seinem ‹Laß uns einfach Freunde sein›.
Ich war süße Sechzehn, was wußt ich davon?»
Ein Achselzucken:
«Lang her ist das schon!»
Und, Augen gesenkt:
«Die Hölle war's, wenn man's recht bedenkt!
Was heißt, es war, das klingt,
Als könnte es je enden –
An wen sollte ich mich um Hilfe wenden?»

Sie lächelte tapfer:
Das arme, arg mitgenommene Opfer!
Ihm traten Tränen in die Augen,
Er wandte mannhaft das Gesicht –
Nein, zeigen wollte er die nicht.
Ein Räuspern noch, und dann
Wurde er feierlich:
«Denk immer dran,
Du hast doch mich!»

«Mein Lieber, Guter!» flüsterte sie;
Er hob ihre Hand an die Lippen empor
Und küßte sie wie nie was zuvor.

Von Zeit zu Zeit, vom Bett herüber,
Wo er mit Kate zugange war,
Linste Burrs scheel nach der blonden Mähne,
Die sich, was man sehn konnte, hinter der Lehne
Über bebende Knie ergoß.
Was dachte die Frau sich?
Machte sich mausig!
Ihm schwoll der Kamm gefährlich –
Egal, ob mit Pulle, Peitsche oder Prügel,
Jetzt ging's ihm ans Leder, diesem Flegel:
Grün und blau!
Und erst recht die kleine Sau!

«Ganz ruhig, Burrsie, komm!»
Drückte Kate, sich der Lage bewußt,
Seinen Hitzkopf fester an ihre Brust.

6

Die Kerzen nahe dem unteren Pegel;
Die Schatten ein Bild wie gefallene Kegel.
Ein Stummel lief aus, die Flamme erstarb –
Was den Dunkelmännern Auftrieb gab:
In Windeseile warn sie heran
Und übernahmen das Terrain.

Nicht mehr so lärmend, der Partyrummel;
Gedämpfter jetzt, wie fernes Gemurmel,
Und drüber hin, vom Grammophon, leise,
Leicht melancholisch angehauchte Weisen.

Unter dem Flügel, wie die Toten
Hingestreckt, völlig am Boden,
Oscar und Phil:
Beängstigend bleich ihre spitzen Gesichter
An Stellen, wo das Rouge verwischt war.

«Alle Mann schternagelvoll»,
Lallte Jackie,
«Schternagelvoll. Jawoll!
Bloß ich, ich bin voll da»,
Lallte Jackie,
«Voll da. Jawollja!
Kann komm', was will, Gin, Whisky, Wein –
Bei mir gehn fümmenzwanzig, dreißig rein»,
Lallte Jackie,
«Abba imma!
Ich frag mich, wassassoll, verflixt –
Kann saufen und saufen und merke nix»,
Lallte Jackie,
«Nie und nimma!»

Ihm fielen die Augen zu:
Konnte eh nichts mehr sehn;
Er brabbelte vor sich hin:
Was, war nicht zu verstehn;
Sein Mund klappte einfach auf –
Und er ließ es geschehn.
Er schwankte,
Er torkelte,
Stolperte, hoppla:
Seine rudernde Pfote
Fand so schnell keinen Halt,
Schwer schlug er zu Boden,
Wie die Tanne im Wald.

Nadine,
Maes süßes Schwesterchen,
War verschwunden,
Niemand wußte, wohin.
Da plötzlich ein Schrei:
«Nein! Nein!»
Köpfe reckten sich, wer das wohl sei.
Und noch mal, panisch, wie am Spieß:
«Mae! Mae!»
Die stand schon, ahnend, was das hieß.

Flach auf dem Rücken lag Nadine,
Begraben unter einem Mann in Grau,
Strampelte, und machte Radau;
Versuchte, ihren Rock zu packen
Und runter über die Knie zu ziehn.
Mae stürzte hin:
«Hier, Eddie, hier!»
Doch er war schon bei ihr.

Mit seiner Rechten, wie ein Schraubstock,
Griff er den Burschen im Genick,
Nahm die Schultern zurück
Und, hau ruck,
Riß ihn hoch wie einen nassen Sack.
Konnte nur mit den Ohren schlackern, der Bock,
Und Eddie begaffen mit leerem Blick.

«Du Mistkerl vergreifst dich an dem Spatz?»
Fauchte Eddie. «Na, dir werd ich's zeigen!»
Und er tat's:

Rollte die Schultern,
Nahm kurz Maß –
Die Faust stieß vor,
Traf dumpf:
Das saß!

Wie dem der Kopf zurückschoß!
Er drehte eine Pirouette
Und klatschte hin; Blut floß
Aus Mund und Nase um die Wette.

Ein Raunen ringsum: Respekt, Respekt!
Eddie stand, das Kinn stolz gereckt –
Da traf ein Frauenlachen sein Ohr.
Kam ihm die dumm?
Zog seinen Kopf ein,
Knurrte und fuhr
Blitzschnell herum:
«Was gibt's da zu lachen, dämliche Nuß?
Paß auf, ich verpaß dir 'nen Pferdekuß!»

Seine Lippen entblößten mächtige Hauer
In finsterer Höhle, auf der Lauer.

Mit Schultern, die zuckten,
Und Fäusten, die juckten,
Beugte er sich nieder:
«An einem Küken rumzumachen,
Das sind so Sachen –
Aber das tut der nicht wieder!»
Er blickte gefährlich in die Runde:
«Sonst noch wer?
Dann bitte sehr,
Ihr feigen Hunde!
Ich kenn euch nicht und kann euch nicht leiden;
Zum Teufel, ich werd es euch allen zeigen!»

Unter den Umstehenden Queenie und Black,
In Eddies Rücken, ein Stückchen weg.
Und Queenie schwante, was jetzt kam:
«Sturzbesoffen!» entfuhr es ihr,
«Der bringt einen um, ich schwör es dir!»
Black nickte und spannte die Muskeln an.
Eddie einen Schritt vor –
Der Kreis zwei zurück:
Die Angst saß allen im Genick.

Da trat Black in Aktion:
Seine Faust umfaßte
Eine Flasche am Hals –
Man sah's und erblaßte.

Alles stand
Wie gebannt –
Was, wenn Eddie sich umdreht?
Es stockte der Atem:
Wenn das mal nur gutgeht!

Black hechtete,
Die Flasche erhoben:
Wie das blitzte,
Als die niederflitzte
Auf Eddies Schädel
Und zerspritzte!

Eddie grunzte, schloß die Läden,
Schlagartig wurde er schlaff:
Marionette mit gekappten Fäden.
Die Arme baumelten;
Der Arme taumelte
Und fiel mit Karacho
Vornüber –
K. o.

Applaus; ein Jubelchor;
Und auf den Schreck ein Schlückchen!
Da aber schoß Mae vor
Wie ein wildgewordenes Frettchen:
Sie kreischte
Und kratzte
Und fetzte Black
Beinahe die Klamotten weg;
Wutentbrannt,
Tränennaß:
«Meinen Liebsten zu schlagen, elendes Aas!»
Black hielt ihre Arme fest. Nützte das was?

«Laß meine Arme los, du feiger Pinkel!
Zur Hölle mir dir,
In den hintersten Winkel!»
Befreite sich und klebte ihm eine,
Dann warf sie sich, ganz Eddies Kleine,
Auf den am Boden Liegenden:
Schmiegte sich an wie eine Boa,
Schluchzte, als trüge sie schon Flor,
Tätschelte Eddie,
Liebkoste ihn,
Heulte: «Der ist hin!»
Dann nur noch Wimmern,
Bis auch das erstarb –
Schweigen am Grab.

Seufzend legte sie den Kopf ab;
Dann fielen ihr die Augen zu:
Ihr Atem gleichmäßig und tief,
Die arme Seele hatte Ruh –
Sie schlief.

Burrs hatte alles mit angesehen.
Stand breitbeinig da
Mit zerwühltem Haar,
Die Schultern hoch, den Kopf gesenkt,
Die Arme vor der Brust verschränkt:
Wütend war er,
Weiß wie die Wand,
In seinen Augen lodernder Brand.
Queenie und Black,
Arm in Arm die zwei,
Kamen heran und wollten vorbei.
Burrs spürte die Kälte in ihrem Blick,
Er ballte die Schultern zum Bodycheck:
Ließ sich nicht von dem Lackel
Zum Rindvieh stempeln!
Er versuchte, mit Schmackes
Den wegzurempeln –
Black aber stand fest wie ein Denkmal;
Burrs taumelte rückwärts,
Benommen vom Aufprall,
Und wortlos zogen die beiden weiter,

Als wär außer Spesen
Nichts gewesen.

Burrs hob seine Fäuste –
Doch sank ihm der Mut;
Klar hatten sie ihn gereizt bis aufs Blut,
Aber nachsetzen jetzt,
Das erschien ihm nicht gut.
Bebend gab er die Runde verloren:
«Dich kriege ich noch, du Arsch mit Ohren!»

In einer Ecke, gegeneinandergelehnt,
Stand ein vollgetanktes Quartett
Und grölte für die versammelte Meute
Das Lied, das stets zu Herzen geht,
Vom Tag, so wunderschön wie heute.
Zerdehnten genüßlich die Vokale,
Kurz vorm Moralischen wohl alle:
Vier Mann von Gemüt,
Schräge Gestalten;
So rührend bemüht,
Den Ton zu halten.

7

Auf einmal,
Draußen in der Nacht,
Wurde wieder Licht gemacht:
Die Silhouette von vorhin –
Wieder die Nachbarschaft erziehn!

Doch kam da keine Grabesstimme;
Das Rollo blieb unten,
Das war ja das Schlimme:
Man sah, hin und her,
Projiziert dagegen,
Einen riesigen Schatten sich bewegen,
Der schließlich, schärfer konturiert,
kleiner, und menschlich proportioniert,
Im Scherenschnitt auf dem Rollo stand.
Und dann, als Pantomime erzählt:
Ein Mann, der in ein Telefon bellt.

8

Als sie am Tisch waren, kippte Black einen
Auf die Schnelle,
Und auf der Stelle
Spürte er den in den Beinen.
Das Zimmer wackelte,
Alles tanzte –
Schnell noch ein Glas! Was haste was kannste
Schenkte er sich nach – und ex!
Die Birne brummte ihm wie verhext.
«Laß uns in die Ecke gehn»,
Sagte er, «bißchen reden.»
Das Gehn aber war so ein Problem.

Sie steuerten den Sessel an
Mit Vorsicht, Mutter der Porzellan-:
Black stolperte über ein Bein.
«Verzeihn –»
Er hatte keine Worte mehr,
Sein Kopf war leer;
Dann fiel's ihm ein:
«Verzeihn – Sie bitte!» sagte er.
Queenie kicherte vergnügt,
Voll Übermut.
«Dochdoch, mir geht's gut!»
Beteuerte er,
«Absolut –
Bloß bißchen viel Sprit im Blut!»
Die Worte warn raus, bevor er sie sprach,
Klangen weit weg
Und merkwürdig schwach.

Sie setzten sich an den alten Platz.
Queenie zupfte ihr Kleid zurecht,
Er fuhr sich heftig, rubbel die Katz,
Mit einer Hand übers Gesicht:
Jetzt aber!
Komm schon!
Ging wirklich nicht;
Eins durfte er jetzt nicht sein: besoffen!
Hatte doch grad seine Traumfrau getroffen.

Sie tat einen Seufzer, machte es sich
Mit dem Kopf gegen seine Knie gemütlich
Und lächelte:
«Nicht immer reden!» hauchte sie,
«Diese Ruhe, manchmal brauch ich die.»

Also schwiegen sie denn.
Seine Finger versanken im Gold ihres Haars,
Sie schloß die Augen – da geschah's:
Da drehte sich das Karussell
In ihrem Kopf so wirbelnd schnell,
Daß sie Burrs vergaß.

Hatte sich was mit süßer Rache!
Dieser Mann hier wollte mir ihr –
Und sie mit ihm –
Zur Sache.
Sie hatte ihr Spiel gemacht; gewonnen –
Und war doch in die Falle gegangen:
Ihr Leib bebte beim bloßen Gedanken daran,
War das ein Mann!
Für so was hatte sie Augen im Kopf:
Ihr Herz würde hüpfen beim Druck auf den Knopf!

Ein Mädchenlächeln,
Klein und brav:
Schlaf, Kindchen, schlaf.

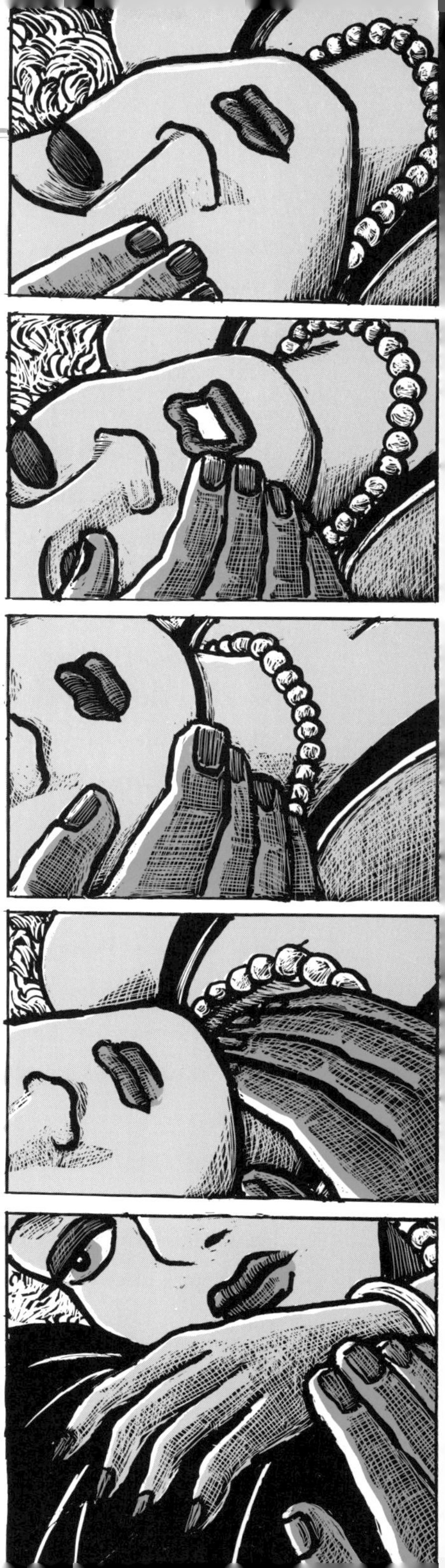

Die Hand glitt tastend
Von ihrem Haar,
Über die Augen,
Und von da
Hinab zu den Lippen:
Die brauchte er
Nur anzutippen,
Und sie ließen Zähne sehn,
Strahlend weiß
Wie Kreideklippen.
Sanft fuhr seine Hand
Entlang am Kinn
Weiter dahin,
Bis sie an Queenies
Schmalem Hals
Vielleicht nicht ihr Herz,
Doch jedenfalls
Ihren heißen, jagenden
Pulsschlag fand.
Ein inniger Seufzer:
Sie spürte es,
Das ewige Feuer:
Er schürte es.
Ließ alles fahren,
Leinen los!
Ihr Kopf rutschte runter
In seinen Schoß.

Ein Weilchen saßen sie reglos da:
Die Wangen rosig,
Noch so viel vor sich.
Eine Luft um sie rum, die zum Schneiden war,
Zumindest schien es ihnen so;
Es knisterte, brannte – Feurio!
Ihre Herzen pochten, sie pumpten wie toll:
Ein reißender Blutstrom, der anschwoll
Und schwoll.

Brennend darauf,
Ihr Fleisch zu fühlen,
Machten sich zu neuen Zielen
Seine Finger auf –
Und entdeckten ihre Schultern:
Ganz natürlicher Forscherdrang,
Was ihn an ihren Ausschnitt zwang;
Dessen Rand allerdings lag straff gespannt
Auf samtener Haut –
Zugang verbaut!
Wie zieht man eine geschlagene Hand
Aber zurück, und das charmant?

Ihr Kopf kam hoch in seinem Schoß,
Sie machte am Kleid einen Träger los,
Und seine Hand verschwand
Behutsam abenteuerwärts:

Bis rauf zum Hals schlug ihm das Herz.
Seine Finger fummelten am BH;
Der löste sich –

Doch siehe da:
Angst vor der eigenen Courage!
Es dauerte, bis seine heiße Hand
Sich plötzlich an ihrem Busen fand
Und ihn umschloß,
Bebend und bange.
Ihre Hand suchte seine, drückte die,
Und dann, gar nicht lange,
Keuchte sie
Wie ins Herz getroffen.
Sie zeigte Farbe,
Die Lippen leicht offen:
Stoßweise hob
Und senkte ihre Brust sich,
Federleicht flog
Ihm ihre Hand übers Gesicht,
Gar nichts mehr wog –
Raum und Zeit banden sie nicht,
Und das Verlangen,
Das ein Strudel war,
Riß sie hinab in die Tiefe
Mit Haut
Und Haar.

Er schlug die Augen auf: ihr roter Mund
Ein flammender Fleck auf schimmerndem Grund.
Sein Kopf sank herab,
Sein Atem ging rauh –
Da plötzlich, zack,
Seine Lippen genau
Auf den ihren,
Mit einer Wucht, so stark,
Da fielen die letzten Schranken um.
Ihre Wangen hohl wie vom Vakuum:

Saugten
Sich fest,
Aufeinandergepreßt
Ihre Gesichter, angestrengt –
Und noch fester!
Bis süßer Schmerz die beiden packte,
Ihnen durch jede Faser jagte:
Wenn Hören und Sehen
Vor Liebe vergehen.
Queenie war's dann, die sich losriß,
Keuchte – und ihr Gesicht
Black an die Brust sinken ließ;
Der hielt es voll Glück
An sich gedrückt.

Da hob sie die Augen, ihr Blick sagte: Nee –
War schon auf den Knien,
Streckte ihm eine Hand hin:
Es gab eine bessere Idee!
Er packte zu. Sie kamen hoch
Und schmiegten sich eng –
Warum warten noch?
Sie nahm seine Linke am Gelenk,
Legte sie sich um die Taille;
Umfing ihn dann selber,
Und wie ein Geschenk
Verknotet standen sie da.
An seiner Schulter, so nah, ihr Ohr:
«Ich liebe dich!» stieß er hervor.

Ihr Lächeln verschwamm;
Sie küßte ihn;
Im Zimmer waberten
Nebel dahin,
Verheißungsvolle Düfte,
Durch die sie, Hüfte an Hüfte,
Beinah wie im Traum,
Auf Wolken tanzten: ihre Kür
In Richtung Schlafzimmertür.

Und keiner guckte,
Weil's keinen juckte.

Und Burrs –?
Fort mit Schaden!
Sie sah ihn im Vorüberfliegen
Auf dem Bett da liegen:
Gesicht käsig weiß,
Glänzend von Schweiß,
Mehr als nur beschwipst;
Die Augen waren zu,
Seine Haare troffen,
Der Kragen war offen
Und unbeschlipst.

Die Tür tat sich auf,
Fiel ins Schloß hinter ihnen:
Die Luft so frisch und kühl hier drinnen;
Stockdunkel war's, kein Mond schien helle,
Sie standen schwankend auf der Stelle
Und blinzelten ins Ungewisse,
Schalltot wie eine Gummizelle.
Allmählich dann erste Umrisse:
Ein Fensterrahmen voll milchigen Lichts,
Das Bett eine fahle Insel im Nichts –
Sie hielten drauf zu,
Gegen Stuhlbeine prallend,
Erreichten das Eiland
Und ließen sich fallen.

9

Liebe kann blind machen; rosten kann Liebe;
In Reinkultur ist sie Schlachtfeld der Triebe.
Und unsre zwei trieben's beim ersten Mal
Wie Hammer und Amboß, Stahl hart auf Stahl.
Wollust, die Funken sprüht, krude und nackt:
Schweißbrenner, der jeden Panzerschrank knackt;
Waggon auf Waggon, wie sie tief unterm Grund
Stoßen und schieben durch finsteren Schlund;
Und Dampf, der mit Überdruck zischend abgeht
An der großen Maschine, die Menschen durchdreht.
Nicht viel, und sie hätten im Taumel der Lust
Einander gefressen und von nichts was gewußt.

10

Im Studio stemmten mit aller Macht
Die Kerzenstummel sich gegen die Nacht;
Verzweifeltes Flackern: verlorene Schlacht.
Ihre Flammen kamen sich riesig vor,
Züngelten in Spiralen empor –
Doch die sie umzingelnden Schatten
Brauchten nur zu warten.

Die Vorhänge zitterten: kommende Kühle,
Wer konnte besser als sie die fühlen?

Sie raschelten; bauschten sich;
Flatterten rein
Auf einem Hauch von feuchtem Stein.

Im Zimmer stand verbrauchte Luft –
Weniger vornehm, es war vermufft
Und sah verboten aus:
Eine Gruft!
Verstreute Figuren,
Flach auf dem Rücken:
Totenmasken die Gesichter,
Sogar die Augen weiße Flecken.

Und der Tisch ein Bild der Verwüstung:
Halbvolle Gläser wirkten garantiert
Halb leer in dieser Stimmung,
Lippenstiftverschmiert;
Kippen und Asche;
Brocken vom Brot;
Flasche um Flasche
Umgelegt, tot;
Ein rosa Strumpf; ein Korkenzieher;
Ein Puderquast; und, mamma mia,
Ein einzelner Schuh
Ohne Dame dazu;
Kerzenwachsflecken; ein klebriger Topf;
Ein dreckiges Handtuch; alles stand kopf:

Wohin man auch sah, kein Ende des Krempels –
Dagegen ging's aufgeräumt zu bei Hempels!

In einer Ecke brachten zwei Männer
Das Leben als solches auf den Nenner;
Mein lieber Specht,
Warn die bezecht:
Jeder gab vollauf dem andern recht.
Gestikulierten wild herum,
Quasselnd in einem fort –
Und keiner verstand vom andern ein Wort.

Das Grammophon spielte und spielte.
Daneben saß
Ein tragischer Jüngling, so was von blaß,
Verbeulten Filz auf dem strubbligen Besen:
Wär offenbar liebend gern tot gewesen.
Saß gramgebeugt wie eine Trauerweide
Und stierte: Keiner weiß, was ich leide!
Zwar kullerten Tränen –
Doch mit der Spitze von dem einen Fuß
Klopfte er zur Musik den Rhythmus.
Die Platte rotierte unaufhörlich;
Sobald das Stück zu Ende war,
Blickte er böse, nahm das persönlich,
Kam hoch wie der Wind,
Setzte tränenblind

Die Nadel wieder auf,
Und ließ sich von eines Mannes Qual
Ein Liedchen singen: dasselbe noch mal!

Auf dem Doppelbett ein formloser Batzen
Verschlungener Leiber, alle am Ratzen;
Gliedmaßen lagen kreuz und quer,
Schlaff, als wär da kein Leben mehr;
Bleiche Gesichter noch und nöcher,
Die Münder klaffende schwarze Löcher.
Kragen gelöst;
Busen entblößt;
Bei einem waren die Augen offen:
Blicklos, verdöst
Hoch zur Decke gerichtet
Und höher hinaus, wo der Nebel sich lichtet.
Eine hatte ihr Kleid abgelegt;
In einem Hemdchen in Aubergine
Lag sie, mit angezogenen Knien:
So weit man sehen konnte bronziert und gepflegt.

Geschmiegt an Kates Konvex-konkav
Schlief Burrs: ein unruhiger Schlaf;
Immer wieder dieses Zucken,
Als würde ihn was jucken.
Und gleich nebenan lag ins Kissen gedrückt
Ein blühendes Mädchen, ihr Stiel frisch geknickt.

Ihre Schenkel ragten in die Luft:
Von Strumpf bis Schlüpfer ganz schöne Kluft;
Und dazu Haar in Wellen, die gülden
Ihren Kopf umspülten.
Mit einemmal seufzte sie,
Drehte sich zu Burrs auf die Seite
Und tat wie die zärtlichste aller Bräute.
Burrs muckte; sein Bein ruckte;
Er schlug die Augen auf und guckte:
Ächz!
Bloß das nicht jetzt!
Er schubste die Kleine weg von sich
Und setzte sich aufrecht, triefäugig.

Der Raum stand schräge,
Und Hammerschläge
Dröhnten in seinem Kopf.
Der drohte zu krachen;
Ihm war's zu eng in seinen Sachen,
Und Watte verstopfte ihm Mund und Rachen:
Ein ekelhafter Pfropf!

Er strampelte sich durch zum Fußende
Und legte, auf der Kante hockend,
Seinen Kopf in beide Hände.
Er brauchte nicht lang –
Die Sache stank!

Ich hab so was im Urin,
Schoß es ihm durch den Sinn;
Er reckte den Hals
Und schielte zur Ecke, wo der Sessel war,
Die Knie suchend, das schimmernde Haar –
Aber nichts da!

In seiner Kehle saß ein Kloß;
Schlagartig alle Farbe los,
Ballte er die Brauen,
Dämonisch,
Argwöhnisch:
Das war gar nicht komisch!
Er erhob sich
Mühsam,
Zittrig.

Taumelte rüber zum Versteck –
Blick hinter den Sessel:
Ein schöner Schlamassel!
Keine Queenie da! Kein Black!

Zwei Gläser, leer,
Zwei Kissen, zerdrückt,
Zeigten, man war ein Feld weiter gerückt;
Das Spiel war in der nächsten Phase –
So also lief der Hase!

Burrs biß die Zähne zusammen,
Daß es gefährlich knirschte:
Wenn er die erwischte,
Gab es kein Erbarmen!

Drückte das Kreuz durch; knurrte; und schon
Ging's los, durch den ganzen Raum: Visitation!
Beugte sich herab zu Gesichtern,
Die undeutlich im Schummer lagen;
Hierhin und dorthin, ein Irrlichtern,
Schweigend, mit wachsendem Unbehagen.

Richtete sich schließlich auf
Und fluchte –
Witzlos, daß er weiter suchte!
Die waren nicht da;
Ja, wo aber?

Trat an den Tisch: Er mußte was trinken,
Mußte nachdenken –
Ein Blick tief ins Glas
War gut dafür.
Er starrte stumpf auf die Schlafzimmertür,
Pupillen groß
Und gähnend leer;
Den Blick gesenkt,
Trank er; trank mehr.

Dann aber, plötzlich, machte es klick:
Er fokussierte den Blick
Und bohrte ihn in die Schlafzimmertür –
Am Ende siegte halt sein Gespür!
Die Augen verengten sich zu Schlitzen,
Ein Ruck durch die Brust:
Hab ich's doch gewußt!
Ihm sausten die Ohren; er zitterte;
Er knallte sein Glas hin; es splitterte.
Sein Gesicht jetzt weiß wie mit Soda gebleicht;
Langsam herantasten, Schritt für Schritt;
Die Tür war erreicht:
Er drehte den Knauf
Und stieß sie weit auf,
Trat über die Schwelle –
Und blickte voll drauf!

Schwach fiel ein Schein
Durch die Tür aufs Bett:
Verschmolzene Schemen,
Eine goldblonde Mähne.
Er spürte den Kloß;
Sein Puls raste los;
Sacht zog er die Tür
Hinter sich ins Schloß.

Stille.
Das Pärchen kam in die Vertikale,
Und mit einem Male
Hörte man Queenie: «Wer da?»
An der Tür sah sie dunkel sich was bewegen –
«Wer ist da?», schärfer schon als eben.

«Wer zum Teufel soll's sein,
Du kleine Nutte!»
Schweigen.
Dann, klar und deutlich:
«Raus mit dir, Burrs, hörst du mich!»

«Ha! Wer soll raus? *Ich*?»
Lachte er fies,
«Du falsches Biest,
Ich ramm dich unangespitzt in den Boden!»
Seine Stimme überschlug sich.

Drauf drohend Black:
«Jetzt mach mich nicht fuchsig!»

Und war hoch im Nu;
Der Schatten schoß auf ihn zu.

Black punchte:
Burrs wankte
Und klatschte lang hin.
Mit einer Hand tastete er
Nach dem Sekretär,
Um sich an der Kante hochzuziehn;
Knurrte Black: «Komm auf die Füße!»
Die Fäuste geballt, bereit für mehr:
«Und sag noch mal Nutte zu der Süßen!»

Stille.
In der Dunkelheit schrammte
Eine Schublade auf;
Mit seiner Rechten langte
Burrs rein, fand den Knauf,
Und stand auch schon;
Seine Faust glänzte matt: metallischer Ton.

«Paß auf», schrie Queenie,
«Er hat eine Knarre!
Paß auf –»
Black stürzte sich drauf.

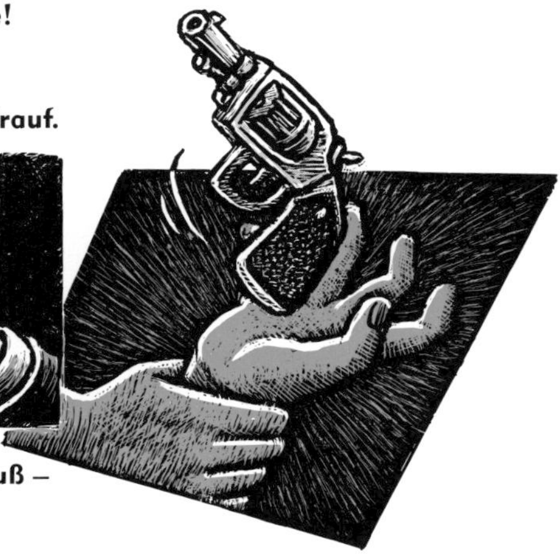

Da krachte ein Schuß –
Traf aber nicht.
Black war an Burrs' Hand
Und drehte bis zum Bänderriß,
Bis der losließ.
Schnappte sich das Ding
Und tat einen Satz
Rückwärts.

Den Finger krumm:
Ein Blitz; ein Bumm –
Abgehackt, einsilbig,
Wie Waffen so sprechen.
Stille war's;
Alles schwarz;
Die Luft roch brenzlig:
Zum Erbrechen.

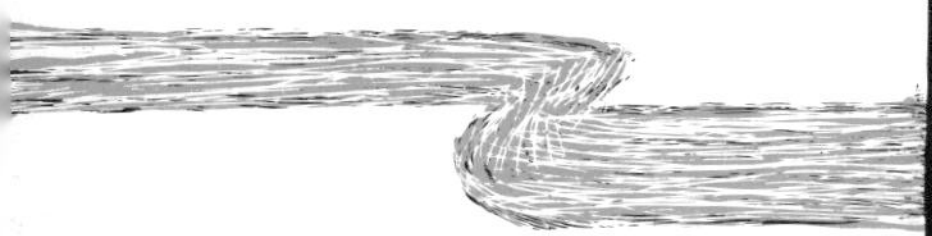

Burrs stand steif wie ein Brett;
Winselte schwach;
Er kippte den Kopf zur Seite,
Dann brach
Er in den Knien ein
Und sank aufs Bett;
Stöhnte; ächzte;
Versuchte, die rechte –
Schockschwerenot:
Er war tot!

«Burrs!» bellte Queenie
Knapp,
«Burrs, mach nicht schlapp!»
Als sie sich aber rüberbeugte,
Ihn an der Schulter packte,
Fuhr sie zusammen –
Ihr Unterkiefer sackte,
Fassungslos sah sie Black an.

Dann:
«Gott, was hast du gemacht –

Du – du hast ihn ja umgebracht!
Hau ab, du Depp!
Verdufte! Mach Tempo!
Ja, guck nicht so!
Bist du noch nicht weg?
Wenn sie dich kriegen,
Steht da der Strick drauf!
Also lauf!
Und nimm die Knarre mit!
Daß sie die aber nicht finden bei dir!
Ab durch die Mitte!
Was stehst du noch hier?
Ab dafür!»

«Erst einen Kuß noch!» sagte er.

Sie faßte sich an den Kopf:
Also, der –

«Mann Gottes, spinnst du?
Kapierst du nix?»

«Küß mich!»

«Wenn's sein muß,
Komm schon –
Aber fix!»

Und einmal noch kurz berührten sich
Ihre Lippen: vom kalten Schweiß salzig.

Getrampel draußen auf dem Flur.

«Was ist denn das?» keuchte Queenie.
Erschrocken.
Black ließ von ihr.
Machte auf dem Absatz kehrt,
Torkelte los in Richtung Tür –
Sein Weg vom schwankenden Boden erschwert.

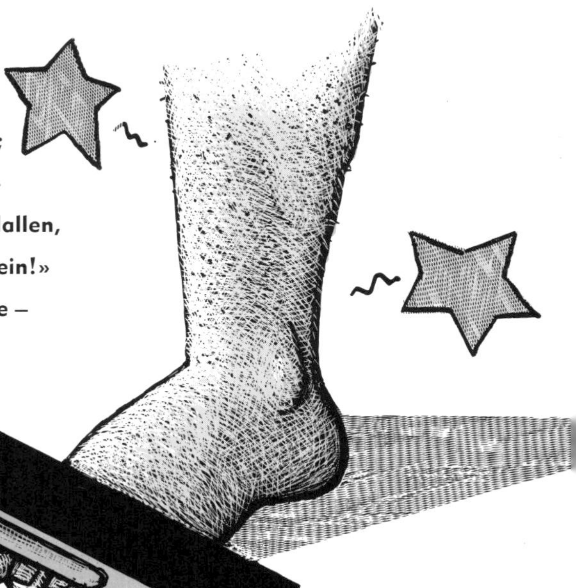

Ein Rums:
Der Stuhl!
Fast wär er gefallen;
«Mussassenn sein?»
Konnte er nur noch lallen,
«Aua, mein Schienbein!»
Er stöhnte; er gähnte –

Da trat wer die Tür ein:
Es war die Polente.